Andrei Platônov

# O amor pela pátria e outras histórias

Tradução do russo

Maria Vragova

Ilustrações

Anna Cunha

Prefácio

Maria Vragova

CONTOS

Volume II

ARS et VITA

Editora Ars et Vita
Ars et Vita Ltda.
Avenida Contorno, 7041/101 | Lourdes | CEP 30110-043
Belo Horizonte - MG - Brasil
www.arsetvita.com



Capa, projeto gráfico e editoração eletrônica: Marcello Kawase
Preparação: Francisco de Araújo
Revisão: Luiz Gustavo Carvalho e Lolita Beretta
1ª edição – 2025

Dados Internacionais de Catalogação na Publicação (CIP)
(Câmara Brasileira do Livro, SP, Brasil)

---

Platônov, Andrei, 1899-1951
O amor pela pátria e outras histórias : contos : volume II / Andrei Platônov ; tradução do russo Maria Vragova ; ilustrações Anna Cunha ; prefácio Maria Vragova. -- 1. ed. -- Belo Horizonte, MG : Ars et Vita, 2025.

ISBN 978-85-66122-23-7

1. Contos russos I. Cunha, Anna. II. Vragova, Maria. III. Título.

25-260040 CDD-891.73

---

Índices para catálogo sistemático:
1. Contos : Literatura russa 891.73
Cibele Maria Dias - Bibliotecária - CRB-8/9427

Publicado com o apoio do
Instituto de Tradução (Rússia)

ИНСТИТУТ ПЕРЕВОДА

AD VERBUM

## Prefácio

# A aldeia sagrada de Andrei Platônov

Segundo a escritora Tatiana Tosltáia, ao longo da história, "o escritor russo sempre foi visto como um profeta ou pregador, um livre-pensador perigoso ou, ainda, um revolucionário." Quais seriam então as profecias e ideias contidas na obra de Andrei Platônov, que levaram-no a ser considerado "o maior escritor do século XX" por Ióssif Brodsky, e um "canalha" por Ióssif Stálin?

Ao contrário de muitos escritores de sua época, Andrei Platônov não participou de nenhum movimento de vanguarda nem assinou manifestos. Não vem de uma família abastada e tampouco cresceu em Moscou ou São Petersburgo, epicentros literários na Rússia do início do século XX. Nascido nos arredores de Vorôniej, em 1899, filho de um mecânico ferroviário e de uma mulher simples e profundamente religiosa, o amor pelos trens, que herdara do pai, e uma concepção cristã do mundo, que lhe fora transmitida pela mãe, o acompanhariam durante toda a vida e atravessam também toda a sua produção literária.

Enquanto os primeiros contos do autor, escritos no início da década de 1920, são marcados por uma vivacidade quase anedótica da narrativa que, às vezes, mascara uma ausência de dimensionalidade psicológica — traço presente na escrita de diversos autores daquele período, tais como Mikhail Zóschenko e Isaac Babel —, Andrei Platônov logo se distancia dessa moda para seguir um caminho pelo qual poucos escritores se aventuram: tornar-se si mesmo. A obra tardia do autor, que abrange os oito contos reunidos neste volume, não pode ser comparada com a de nenhum outro escritor, russo ou estrangeiro. Nela, Andrei Platônov parece apenas a si próprio — um artista de surpreendente ternura por tudo o que é humano e dotado de um raro discernimento psicológico. Com a precisão de um gravurista e um lirismo único, que preserva nas entrelinhas uma acidez e amargor quase imperceptíveis, sabe como deter nossa atenção no que é fugaz, comover-nos, fazer-nos rir ou, de repente, por meio de uma transformação platonoviana da frase, prender a nossa respiração diante de uma reviravolta inesperada na trama.

E para legar-nos um dos mais fascinantes universos literários do século XX, o autor se recusa a escolher entre o lado sombrio ou positivo da vida. Andrei Platônov escreveu sobre toda a vida que o cercava, sem se esquivar de nada. Ao iluminar cada detalhe do cotidiano das pessoas que viveram na União Soviética na primeira metade do século XX com a capacidade de enxergar poesia em todos os lugares, revelou em cada personagem, por trás de estranhas aparências e excentricidades, a imensa generosidade da alma humana. Seu mundo, longe de ser monótono, é extremamente contrastante. Nele, as pessoas amam, choram, riem, morrem, comem panquecas, fazem música para aliviar as dores dos transeuntes, deitam na grama à espera de uma vida na estrela certa, ficam entediadas até as lágrimas e realizam façanhas de autossacrifício.

As crianças, que sempre ocuparam um lugar especial no universo criativo do autor, são muitas vezes escolhidas como protagonistas em seus contos. Mostrar o mundo através dos olhos de uma criança, um dos mais sedutores artifícios literários, é, na maioria das vezes, utilizado com objetivos nada infantis. Um leitor acostumado ao fluxo de histórias, romances e novelas cujos heróis são crianças corre o risco de começar a ler as histórias infantis de Andrei Platônov e experienciar uma "decepção" refrescante e inesperada: suas crianças não são retratadas de maneira infantil; são pequenos seres humanos que assumem a completa responsabilidade ao lidar com um mundo vasto, complexo e, muitas vezes, indecifrável. Esse é o caso de Úlia, que preferia enxergar o mundo pelo avesso para se proteger da dor da orfandade, do pequeno Afônia[1] com suas perguntas intermináveis, e de Artióm, para quem o curto caminho da

1. Personagem do conto homônimo que integra o volume *Iúchka e outras histórias*, publicado pela editora Ars et Vita, em 2024.

barra do avental materno até a escola é repleto de aventuras e perigos emocionantes.

Assim como os habitantes de *Tchevengur*, romance que o autor não veria publicado até o final de sua vida, e os protagonistas das próximas páginas deste livro, Andrei Platônov acreditava "que a vida não pode ser entediante e ordinária, ela deve ser mágica — semelhante à verdadeira antecipação dela, a qual reside apenas no coração de uma criança e de um jovem". E, apesar do destino trágico que o regime soviético lhe reservaria, é importante ressaltar que o autor dispunha de um enorme interesse pelas primeiras ideias soviéticas, sentia um amor infinito pelo socialismo e aguardava a revolta bolchevique como um "milagre" que mudaria completamente o destino da humanidade, venceria todas as doenças e tornaria o homem imortal. Neste sentido, a relação entre o jovem escritor e a Revolução Russa adquiria uma dimensão filosófica e religiosa.

Entretanto, no final da década de 1920, Andrei Platônov, amargurado com o que testemunhava no país e decepcionado com as primeiras censuras de suas obras pelos comitês literários da União Soviética, logo perdeu a esperança nos "milagres" da Revolução. Em um país assolado pela fome e que já se preparava para os expurgos stalinistas que ceifaram tantas vidas na década seguinte, o escritor logo passou a ser acusado pela distorção da vida, por enfatizar lados obscuros da sociedade, e pela "estupidificação" do povo soviético. Andrei Platônov foi repreendido com frequência — no final da década de 1920, no início e em meados da década de 1930 e, novamente, em meados da década de 1940. Raramente publicava, mas não podia deixar de escrever.

Aleksandr Púchkin, maior inspiração literária para o escritor soviético e a quem ele se referiu como "nosso camarada" em um artigo de 1937, "não queria que nada impedisse o homem de viver até a última gota a energia sagrada de seu coração, de seus sentimentos e de sua mente". Andrei Platônov também se esforçou para fazer o mesmo, e o universo dos contos seria o lugar onde o autor buscaria refúgio para que a beleza, que já não podia salvar o mundo, ao menos pudesse protegê-lo da realidade que o cercava.

Nos seus contos tardios transparece a crença constante do autor de que todas as pessoas são, de alguma forma, maravilhosas e diferentes umas das outras. E se nas obras de juventude Andrei Platônov descrevia esquisitões de singularidade exagerada e brilho surpreendente, como Makar, protagonista do conto *Makar, o Duvidoso*, mais tarde, sem deixar de amar as excentricidades humanas, o escritor já buscava esse traço em todas as pessoas que encontrava e nos protagonistas que criava. Assim, os heróis platonovianos aprenderam a pensar, e pensam à sua própria maneira: às vezes de forma inconsistente e distorcida, porém, sempre com profundidade.

As histórias de Platônov se passam, na maioria das vezes, nas aldeias, ambiente familiar ao autor desde a infância, e nos kolkhozes, que visitara tantas vezes como enviado em missão pelo Comissariado Popular da Agricultura e que lhe renderiam o enredo para a novela *A escavação*. Assim como Nikolai Gógol, Andrei Platônov escolhe a vertente rural e mágica para a composição de seus contos, onde frequentemente nos deparamos com um requintado contraponto, no qual, interligados, vários temas percorrem a obra, acompanhados de uma complexa combinação de tonalidades maiores e menores. É nesse ambiente que seus heróis comem, dormem e trabalham, sendo que no universo de Andrei Platônov o trabalho não é visto como um dever pesado ou uma obrigação árdua, mas como uma necessidade básica, tal como a paixão e a respiração.

Seguindo os ensinamentos de Lev Tolstói, Andrei Platônov conta-nos sobre o universo em toda a sua complexidade ao retratar a sua aldeia. E talvez a razão pela qual suas histórias sobre pessoas simples que habitavam a União Soviética são tão comoventes e convincentes resida no fato de que ele não fala sobre elas de longe ou de cima, se despoja da admiração reverencial para tratá-las com a cumplicidade de um camarada.

**Maria Vragova**

# Úlia

Certa vez viveu neste mundo uma linda criança. Hoje todos se esqueceram dela, de como se chamava, do seu rosto; ninguém mais se lembra... Somente a minha avó se recordava daquela linda criança e me contou como ela era.

Me contou ela que a criança era uma menina e se chamava Úlia[1]. Todos os que haviam visto a pequena Úlia sentiram uma delicada dor no coração, porque Úlia era meiga de rosto e boa de caráter, mas nem todos os que olhavam para ela eram honestos e bondosos.

Ela tinha grandes olhos claros, e qualquer um podia ver que no fundo deles, bem lá no fundo, encontrava-se a coisa mais importante e mais querida no mundo, e todos queriam olhar no fundo dos olhos de Úlia e lá ver o que havia de mais importante e feliz para si... Mas Úlia piscava e não dava tempo de ninguém ver o que havia nas profundezas de seus olhos claros. Quando olhavam de novo nos olhos de Úlia, e alguns já começavam a entender o que viam neles, ela piscava novamente e era impossível saber até o fim o que havia no fundo de seus olhos.

Uma pessoa, porém, conseguiu olhar até o fundo dos olhos de Úlia e ver o que havia lá. Esta pessoa se chamava Demián; ele vivia de comprar barato o trigo dos camponeses em ano de boa colheita e vender caro a eles mesmos em ano de fome, com isso estava sempre rico e saciado. No distante fundo dos olhos de Úlia, Demián viu a si mesmo, não como a todos aparentava ser, mas como era de verdade: com uma boca gulosa e um olhar sanguinário; a alma oculta de Demián aparecia nitidamente retratada em seu rosto. E Demián, assim que se viu, foi embora do lugar em que vivia e por muito tempo não se ouviu falar dele; já o esqueciam.

Nos olhos de Úlia só se refletia a mais pura verdade. Se um homem cruel tinha rosto bonito e roupas caras, nos olhos de Úlia, era horrível e coberto por chagas em vez de joias.

—

1. Denominação afetuosa de Uliana, tal como Úlienka, que aparece logo adiante. Ao longo deste e dos demais contos aparecem outros hipocorísticos como esse, muito comum no russo. (N. da T.)

A própria Úlia não sabia que nos seus olhos se refletia a verdade. Ela ainda era pequena e inocente. Embora outras pessoas não conseguissem se ver nos olhos dela, todos a admiravam e achavam que era bom viver, já que ela existia no mundo.

Úlia não conhecia sua mãe nem seu pai. Ela foi encontrada no verão debaixo de um pinheiro junto a um poço na beira da estrada. Tinha então algumas semanas de vida; estava deitada no chão, envolta em um xale grosso e olhava silenciosamente o céu com os olhos grandes que mudavam de cor: ora cinza, ora azuis, ora bem escuros.

Uma gente bondosa apanhou a criança, e um casal de camponeses sem filhos a chamou de filha e a batizou de Uliana. E toda a sua primeira infância passou na isbá de seus pais adotivos.

Quando dormia, os seus olhos fechavam-se pela metade, como se ainda olhasse com eles. De manhã, quando já clareava no quintal, seus olhos semicerrados refletiam tudo o que se encontrava do outro lado das janelas da isbá. Enquanto dormia no banco, o tenro dia iluminava o seu rosto. Os galhos do salgueiro que crescia atrás da janela, as nuvens alumiadas pelos doces raios do primeiro sol, os pássaros que ali sobrevoavam — tudo isso acontecia uma vez lá fora, e uma segunda vez, no fundo dos olhos de Úlia; mas neles as nuvens, os pássaros e as folhas do salgueiro eram melhores, mais claros e alegres do que quando vistos pelas pessoas.

Os pais adotivos amavam tanto a pequena Úlia que, com saudades dela, acordavam toda noite. Desciam de sua cama de tábuas, se aproximavam dela e olhavam longamente para a adormecida filha adotada, que para eles se tornara mais querida do que uma filha de sangue. Parecia-lhes que a luz emanava dos seus olhos semicerrados, e nessas horas a pobre isbá ficava tão agradável como nos dias de festa nos tempos de juventude.

— Acho que Úlia morrerá em breve — disse baixinho a mãe.

— Cale-se, não chame a desgraça — disse o pai. — Para que morreria ela ainda criança?

— Gente como ela não vive muito — disse a mãe novamente. — Os seus olhinhos não fecham durante o sono. — Na aldeia deles havia uma crendice de que as crianças que não fecham os olhos durante o sono morrem cedo.

Quantas vezes não quis a mãe baixar com as mãos as pálpebras sobre os olhos de Úlia, mas o pai não a deixava tocá-la, para que ela não se assustasse. De dia, quando Úlia brincava com retalhos num canto ou despejava água de uma tigela de barro para uma caneca de ferro, o pai também tinha receio de tocar na filha, como se tivesse medo de machucar o seu pequeno corpo.

Os cabelos louros cresciam na cabeça de Úlia e ondulavam-se em anéis, como se o vento se congelasse depois de penetrá-los. Sonhando ou acordada, o rosto meigo de Úlia estava sempre fitando algo, expressando certa preocupação. O pai e a mãe achavam então que Úlia queria lhes perguntar algo que a atormentava, mas não conseguia, porque não sabia falar.

O pai chamou o médico para que visse Úlia. "Talvez — pensou o pai —, ela tenha alguma dor e o médico possa ajudá-la." O médico a auscultou e disse que tudo passaria quando ela crescesse.

— Mas por que ela é adorável a todos? — perguntou o pai ao médico. — Seria melhor que fosse menos adorável!

— É uma brincadeira da natureza — respondeu o médico.

Os pais se ofenderam.

— Que brincadeira?! — exclamaram. — Ela afinal é um ser vivo, não é de brincadeira.

Os outros, como antes, tentavam examinar o olhar de Úlia para ver como eram de verdade. Talvez alguém até já tenha se visto, mas não falou sobre isso e disse a todos que não conseguiu enxergar, porque Úlia havia piscado.

Todos sabiam que os olhos de Úlia mudavam de cor. Se ela olhava para algo bom — o céu, uma borboleta, uma vaca, uma flor ou um pobre velhinho que passava —, os seus olhos brilhavam com uma luz transparente, se ela olhava para algo que escondia

o mal, os seus olhos escureciam e se tornavam indevassáveis. Somente no fundo dos olhos de Úlia, no centro deles, havia sempre uma luz clara e brilhante, e nela se refletia a verdade sobre a pessoa ou o objeto para o qual ela olhava — não o que parecia desde o exterior, mas o que se encontrava escondido em segredo e invisível por dentro.

Quando Úlia completou dois anos, começou a falar, falava com clareza, mas raramente, e conhecia poucas palavras... Ela via no campo e na rua da aldeia o que todos viam e compreendiam. Úlia, porém, nunca deixava de se surpreender com o que via e, às vezes, gritava apavorada e chorava, apontando para aquilo que estava vendo.

— O que foi? O que há com você, Úlienka? — o pai perguntava, tomando-a nos braços, sem entender o que a preocupava. — Por que me olha desse jeito? Lá o rebanho está indo para o curral e aqui eu estou com você.

Úlia olhava assustada para o pai, como se ele fosse um estranho e ela nunca o tivesse visto. Então, de medo, descia dos braços dele e fugia. Assim também ficava com medo da mãe e se escondia dela.

Úlia só tinha paz na escuridão, onde os seus olhos não enxergavam nada.

Ao acordar de manhã, Úlia logo queria sair correndo de casa. Ela ia para um celeiro escuro ou para o campo, onde havia no barranco uma caverna de areia, e ficava lá sentada na escuridão enquanto seus pais não a encontravam. Mas quando o pai ou a mãe a pegavam nos braços, apertavam-na contra si e beijavam-na nos olhos, Úlia chorava de medo e tremia toda, como se tivesse sido atacada por lobos, e não acariciada pelos pais.

Se via uma tímida borboleta voando sobre a relva, ela afastava-se correndo, aos gritos, e o seu coração assustado batia forte por um bom tempo. Acima de tudo, Úlia tinha medo de uma velha, a minha avó, que era tão velha que até as outras velhas a chamavam de vovó. A vovó raramente vinha à isbá onde Úlia morava. E sempre que vinha, trazia de presente para a menina uma panqueca feita de farinha de trigo, um pedaço de açúcar, luvas de lã que ela tricotara por quarenta dias ou alguma outra coisa que Úlia precisasse. A velhinha dizia que já poderia ter morrido, porque a sua hora já tinha chegado, mas que agora não podia: assim que se lembrava de Úlia, o seu coração fraco respirava novamente e batia como se fosse jovem. Ele respirava de amor, compaixão e alegria por Úlia.

E Úlia, ao ver a vovó, começava logo a chorar; ela não tirava os seus olhos escuros da vovó e tremia de medo.

— Ela não enxerga a verdade! — disse a vovó. — Ela vê o mal no bem, e o bem no mal.

— É porque nos olhos dela se vê toda a verdade verdadeira? — perguntou o pai.

— É por isso! — disse novamente a velha vovó. — Brilha neles toda a verdade, mas ela própria não vê a luz, e tudo lhe parece estar ao contrário. Ela vive pior do que uma cega. Antes fosse cega.

"A vovó talvez esteja certa — pensou o pai. — Úlia vê o mal como bem, e o bem como mal."

Úlia não gostava de flores e nunca as tocava. Mas recolhendo o lixo preto da terra na barra de seu vestido, ia para um lugar escuro e lá brincava sozinha, remexendo o lixo com as mãos e fechando os olhos. Ela não tinha amizade com outras crianças da aldeia e sempre fugia delas correndo para casa.

— Tenho medo! — gritava Úlia. — Elas são horríveis.

Nesses momentos a mãe apertava a cabeça de Úlia contra o seu peito, como se quisesse esconder e acalmar a criança em seu coração.

As crianças da aldeia não eram mimadas, eram bondosas, de rosto limpo, procuravam por Úlia e sorriam para ela.

A mãe não entendia do que Úlia tinha medo e o que de tão terrível viam os seus belos e pobres olhos.

— Não tenha medo, Úlienka, não tenha medo — dizia a mãe —, não tenha medo de nada, eu estou com você.

Úlia, ao olhar para a mãe, gritava novamente:

— Tenho medo!

— De quem é que tem medo? Sou eu!

— Tenho medo de você: você é assustadora! — dizia Úlia, e fechava os olhos para não ver a mãe.

Ninguém sabia o que Úlia via, e ela própria, de medo, não era capaz de dizer.

Na aldeia havia mais uma menina: ela tinha quatro anos e se chamava Grucha[2]. Úlia passou a brincar com Grucha, e somente com ela, e a amava. Grucha tinha um rosto comprido, e por isso a chamavam de "cabeça de égua", e era brava; não amava nem mesmo os seus pais e dizia que logo fugiria de casa para bem longe e nunca mais voltaria, porque ali era ruim, e aonde iria era bom.

Úlia tocava o rosto de Grucha com as mãos e lhe dizia que era bonita. Os olhos de Úlia enxergavam a face maldosa e sombria de Grucha com admiração, como se visse diante de si uma amiga bondosa, querida, de rosto bonito. Certa vez, Grucha olhou por acaso nos olhos de Úlia e neles conseguiu ver a si própria, como era de verdade. Ela gritou de medo e fugiu para casa. Desde então o coração de Grucha tornou-se mais bondoso, e ela não importunava mais os pais, dizendo que em casa era ruim. Quando queria ficar brava de novo, lembrava-se da sua imagem assustadora nos olhos de Úlia e se mantinha mansa e doce.

Ainda que fosse triste para Úlia ver as flores e rostos bondosos como se fossem coisas terríveis, como todas as crianças pequenas, ela comia pão, tomava leite e, por isso, crescia. A vida passava rápido e em breve Úlia completaria cinco, depois seis e sete anos.

Nessa época, voltava à aldeia aquele mujique Demián, que fora embora não se sabia para onde. Voltou pobre e simples, começou a

2. Hipocorístico de Agrippina. (N. da T.)

lavrar a terra como todos ali e viveu como boa pessoa até a velhice. Quis até mesmo que Úlia lhe fosse dada como filha adotiva, pois era velho e solitário, mas os pais que a tinham adotado antes não concordaram. Eles próprios não conseguiam viver sem Úlia desde que a trouxeram para casa.

Aos cinco anos, Úlia parou de gritar e fugir de medo: apenas ficava triste ao ver diante de si uma alma bondosa e bela, fosse a minha velha vovó ou qualquer outra pessoa dócil, e chorava com frequência. Como antes, porém, no fundo de seus grandes olhos se refletia a verdadeira imagem da pessoa para quem olhava. Mas ela própria não enxergava a verdade, via a mentira. Como que congelados de espanto, os seus olhos crédulos e tristes examinavam todo o mundo sem entender o que viam.

Quando Úlia completou sete anos, os seus pais adotivos lhe contaram quem eram para ela e que não se sabia onde viviam os seus pais de sangue, nem se estavam vivos. Os pais adotivos disseram isso com sensatez. Eles queriam que a menina soubesse a verdade por eles e não por outros; estranhos poderiam eventualmente lhe contar o mesmo, mas o diriam de maneira ruim, ferindo a alma da criança.

— Eles também são assustadores? — Úlia perguntou sobre os seus pais biológicos.

— Não são — disse o pai adotivo. — Trouxeram você ao mundo, não há ninguém mais amável para você do que eles.

— Você está vendo a inverdade, filha — suspirou a mãe adotiva. — Os seus olhos estão corrompidos.

Desde então, Úlia passou a viver ainda mais triste. Durante o verão, decidiu que quando chegasse o outono, sairia de casa para encontrar no mundo os seus pais biológicos, que a haviam abandonado.

O verão ainda não findara quando chegou à aldeia uma velha camponesa, calçando *lápti*[3], com uma sacola de pão nos ombros. Notava-se que vinha de longe e estava exausta. Sentou-se ao lado do poço da estrada, onde crescia o velho pinheiro, olhou para a árvore, depois se levantou e tocou a terra ao redor dela, como se procurasse por algo há muito abandonado e esquecido. Após trocar de calçado, a mulher se dirigiu à isbá de Demián e sentou-se no banco de barro que rodeava a moradia.

Não havia ninguém passando na rua, as pessoas trabalhavam no campo, e por muito tempo a andarilha ficou sentada sozinha. Depois, de uma casa saiu uma menina. Ela viu a estranha e se aproximou dela.

— Você não é assustadora — disse a menina, com seus grandes olhos que então irradiavam uma luz pura.

A andarilha olhou para a menina, pegou-a pela mão, depois a abraçou e a apertou contra si. A menina não se assustou nem gritou. A mulher então beijou a criança em um olho e no outro, e ela própria chorou: ela reconheceu a sua filha — pelos olhos, pela pinta no pescoço, e através do seu próprio corpo e de seu coração que se pusera a tremer.

— Eu era jovem, estúpida, larguei você com as pessoas — disse a mulher. — Agora vim pegar você.

Úlia apertou-se contra o peito macio e quente da mulher e cochilou.

— Eu sou a sua mãe — disse a mulher, e novamente beijou Úlia em seus olhos semicerrados.

O beijo da mãe curou os olhos de Úlia e, desde aquele dia ela começou a ver o mundo iluminado pelo sol como era comum a todos. Olhava adiante tranquilamente com os seus olhos claro-acinzentados e não tinha medo de ninguém. Ela então via corretamente o que há de belo e bom na terra, não lhe parecia

---

3. Sandálias trançadas de entrecascas de árvores. (N. da T.)

mais assustador e feio, e o que há de mau e cruel deixou de lhe parecer belo, como era antes, sem a sua mãe.

Entretanto, não se via mais nada no fundo dos olhos de Úlia: a imagem secreta da verdade desaparecera neles. Úlia não lamentou que a verdade não emanasse mais de seus olhos, e a mãe dela tampouco ficou triste quando soube disso.

— As pessoas não precisam ver a verdade — disse a mãe —, elas já a conhecem por si mesmas, e quem não a conhece, ao vê-la, não vai acreditar...

Àquela altura, a minha velha vovó morreu e não pôde me contar mais nada sobre Úlia. Mas muito tempo depois, eu mesmo a vi uma vez. Ela se tornou uma bela moça, tão bela que era mais do que o necessário às pessoas; por isso olhavam-na com enlevo, embora seus corações permanecessem indiferentes a ela.

**1939**

# O amor pela pátria ou a viagem do pardal

(Um incidente fabuloso)

Um velho músico-violinista gostava de tocar junto ao pedestal do monumento a Púchkin. Esse monumento fica em Moscou, no início do bulevar Tverskói. Há nele versos escritos, e de seus quatro lados sobem em direção à estátua alguns degraus de mármore. Após subir por esses degraus até o pedestal, o velho músico virava o rosto para o bulevar, em direção aos distantes Portões de Nikítski, e tocava com o arco as cordas do violino. Imediatamente, ao redor do monumento reuniam-se crianças, transeuntes e leitores de jornais do quiosque local; todos se calavam à espera da música, porque a música conforta as pessoas, promete-lhes felicidade e uma vida agradável. No chão, em frente ao monumento, o músico colocava o estojo do violino, que ficava fechado, e nele havia um pedaço de pão preto e uma maçã, para que comesse quando lhe desse vontade.

Normalmente o velho saía para tocar ao cair da noite, à primeira penumbra. Para sua música, era mais proveitoso que o mundo fosse mais silencioso e escuro. Ele não conhecia as mazelas da velhice, porque recebia uma aposentadoria do Estado e tinha o suficiente para se alimentar. Mas o velho se aborrecia ao pensar que não proporcionava nenhum bem às pessoas, e por isso, voluntariamente, ia tocar no bulevar. Lá os sons do seu violino ressoavam no ar, na penumbra e, embora raramente, chegavam às profundezas do coração humano, tocando-o com uma força terna e viril, incitando-o a viver uma vida elevada e bela. Alguns ouvintes da música tiravam dinheiro para dar ao velho, mas não sabiam onde colocá-lo: o estojo do violino ficava fechado e o próprio músico encontrava-se no alto do pedestal do monumento, quase ao lado de Púchkin. Então as pessoas colocavam moedas de dez copeques e de outros valores na tampa do estojo. O velho, no entanto, não queria suprir suas necessidades às custas da arte da música; guardando o violino de volta no estojo, ele deixava o dinheiro cair no chão sem nem sequer considerar valor. Voltava tarde para casa, às vezes à meia-noite, quando as pessoas se tornavam raras, e apenas algum solitário ouvia a sua música. Mas o velho também se dispunha a

tocar só para uma pessoa e tocava a peça até o fim, até que o ouvinte partisse, chorando silenciosamente na escuridão. Talvez ele tivesse a sua dor agora atormentada pelo canto artístico, talvez sentisse vergonha por viver erroneamente ou, ainda talvez, apenas tivesse bebido vinho...

No fim do outono, o velho notou que um pardal havia se sentado no estojo que, como de costume, ficava longe, no chão. O músico se surpreendeu que esse passarinho ainda não estivesse dormindo e, mesmo na escuridão da noite, estivesse ocupado com o trabalho para o seu sustento. É verdade que então era difícil se alimentar: todas as árvores já haviam adormecido para o inverno, os insetos morrido, a terra na cidade estava desnuda e faminta, porque os cavalos raramente passavam e os zeladores logo depois limpavam o esterco. Onde, realmente, um pardal pode se alimentar durante o outono e o inverno? Pois o vento na cidade estava então fraco e escasso entre as casas — ele não sustentava o pardal quando ele estendia as asas cansadas, de modo que o pardal teria que se esforçar e batê-las sem parar.

Depois de vasculhar toda a tampa do estojo, o pardal não achou sobre ela nada de proveitoso para si. Então mexeu as moedas de dinheiro com os pezinhos, pegou o menor copeque de bronze com o bico e voou com ele para um lugar desconhecido. Significava que ele não teria voado em vão, pelo menos havia pegado alguma coisa! Que vivesse e se cuidasse, ele também precisava existir.

Na noite seguinte, o velho violinista abriu o estojo, para o caso de o pardal do dia anterior vir, assim poderia se alimentar com o miolo de pão que estava no fundo do estojo. Mas o pardal não apareceu, provavelmente havia se saciado em outro lugar, e o copeque não tinha lhe servido para nada.

O velho, mesmo assim, esperou pacientemente pelo pardal e, no quarto dia, o viu mais uma vez. O pardal pousou sem empecilho no pão dentro do estojo e começou a bicar ativamente aquela comida pronta. O músico desceu do monumento, aproximou-se do estojo e, em silêncio, examinou o pequeno passarinho. O pardal era desgrenhado, cabeçudo e muitas de suas penas eram grisalhas; de tempos em tempos, ele olhava atentamente ao redor, para ver com precisão o inimigo e o amigo, e o músico ficou maravilhado com os seus olhos calmos e inteligentes. Esse pardal devia ser muito velho ou infeliz, porque já havia adquirido uma grande inteligência por meio da desgraça, de infortúnios e da longevidade.

Durante alguns dias, o pardal não apareceu no bulevar; nesse meio tempo caiu uma neve limpa e começou a fazer frio. O velho, antes de ir ao bulevar, diariamente esfarelava pão macio e quente no estojo do violino. De pé, na altura do pedestal do monumento, tocando uma suave melodia, o velho sempre mantinha o olhar no seu estojo aberto, nas veredas próximas e nos arbustos de flores mortos no canteiro de verão. O músico esperava o pardal e sentia saudade dele: onde estaria pousado e se aquecendo naquele momento, o que estaria comendo na neve fria? Os lampiões ao redor do monumento a Púchkin ardiam silenciosos e brilhantes, as pessoas bonitas e asseadas, iluminadas pela eletricidade e pela neve, passavam suavemente pelo monumento, afastando-se para seus afazeres importantes e prósperos. O velho continuava tocando, guardando em si um sentimento patético de tristeza pelo pequeno passarinho trabalhador que agora vivia em algum lugar e definhava.

Porém, passaram-se mais cinco dias e o pardal ainda não tinha vindo visitar o monumento a Púchkin. O velho violinista, como antes, deixava para ele o estojo aberto com o pão esfarelado, mas o sentimento do músico já languescia com a espera, e ele começou a se esquecer do pardal. O velho tivera que esquecer de forma irrevogável muitas coisas em sua vida. O violinista parou de esfarelar o pão, passou a deixá-lo no estojo como uma fatia inteira, e somente a tampa ele deixava aberta.

***

Certa vez, no auge do inverno, perto da meia-noite, uma forte ventania começou a soprar a neve. O velho tocava, como última peça, "A viagem de inverno", de Schubert, e depois pretendia ir embora descansar. Naquela hora, apareceu o familiar pardal grisalho no meio do vento e da neve. Ele sentou-se com as patinhas finas e mínimas na neve gelada, depois caminhou um pouco ao redor do estojo, sendo soprado inteiro pelos redemoinhos, mas intrépido e indiferente a eles, voou para dentro do estojo. Lá, começou a bicar o pão, quase se enterrando no seu miolo quente. Comeu por muito tempo, talvez durante meia-hora; a nevasca já havia coberto quase completamente o estojo com a neve, mas o pardal ainda se mexia dentro da neve, trabalhando em seu alimento. Ele sabia, portanto, comer até se saciar. O velho foi até o estojo com o violino e o arco, e por muito tempo esperou em meio ao turbilhão até que o pardal liberasse o estojo. Por fim, o pardal saiu, se limpou em um pequeno montículo de neve, disse algo brevemente e fugiu a pé para o seu lugar de pernoite, sem querer voar pelo vento frio para não gastar suas forças em vão.

Na noite seguinte, o mesmo pardal chegou de novo ao monumento a Púshkin; imediatamente pousou dentro do estojo e começou a bicar o pão. O velho olhava para ele da altura do pedestal, de lá tocava a música no violino e se sentia bem em seu coração. Naquela noite o clima estava calmo, como se estivesse cansado depois da implacável nevasca da véspera. Saciado, o pardal voou alto do estojo e murmurou no ar uma curta canção...

De manhã, demorou muito para clarear. Ao acordar em seu quarto, o músico aposentado ouviu o canto da nevasca do lado de fora. A neve fria e intensa voava pela travessa e bloqueava a luz do dia. Na vidraça da janela ainda era noite, e os bosques e as flores congeladas envergavam-se na escuridão de um país desconhecido e mágico. O velho começou a admirar esse animado jogo da natureza, como se esta também estivesse ansiando por uma sorte melhor, como o homem e a música.

Hoje já não é preciso ir tocar no bulevar Tverskói. Hoje canta a tempestade, os sons do violino serão fracos demais. Mesmo assim, ao anoitecer, o velho colocou o capote, enrolou sua cabeça e pescoço com um xale, esfarelou pão no bolso e saiu. Com dificuldade, ofegante por causa do frio rigoroso e do vento, o músico foi pela sua travessa ao bulevar Tverskói. Os galhos gelados das árvores rangiam no bulevar deserto, e o próprio monumento emitia um sussurro triste devido à neve que o roçava. O velho queria colocar as migalhas de pão no degrau do monumento, mas viu que seria inútil: a tempestade logo levaria o pão embora e a neve o cobriria. Mesmo assim, o músico deixou seu pão no degrau e o viu sumir na escuridão da tempestade.

À noite, o músico estava só em casa; tocava seu violino, mas não havia ninguém para ouvi-lo e a melodia soava mal no vazio do quarto, ela tocava somente a alma do violinista, mas isso era pouco, ou a sua alma havia empobrecido devido à velhice. Ele parou de tocar. A tempestade corria pela rua — certamente não estava favorável aos pardais naquele momento. O velho foi até a janela e ouviu a força da tempestade pelo vidro congelado. Será que também agora o pardal grisalho voaria sem medo até o monumento a Púchkin para comer pão no estojo?

***

O pardal grisalho não se assustou com a tempestade de neve. Ele apenas não voou até o bulevar Tverskói, foi a pé até lá, porque no chão era um pouco mais tranquilo, além de ser possível se esconder atrás dos montículos de neve e dos vários objetos que havia pelo caminho.

Ele examinou meticulosamente tudo o que havia por perto do monumento a Púchkin e até cavou com os pezinhos na neve onde normalmente ficava o estojo aberto com o pão. Várias vezes tentou voar do lado do sotavento até os degraus nus e limpos do monumento, para ver se a tempestade não teria trazido algumas migalhas ou velhos grãos para lá; eles poderiam ser apanhados e engolidos. Mas a tempestade pegava o pardal assim que ele se soltava da neve e o levava para longe até que ele batesse em um tronco de árvore ou em um mastro de bonde, assim ele caía rápido e se enterrava na neve para se aquecer e descansar. Então logo parou de esperar por comida. Esgravatou um buraquinho fundo na neve, encolheu-se nele e cochilou: se ao menos não congelasse e morresse, e a tempestade um dia acabasse. Ainda assim, o pardal dormia com cautela, sensivelmente, vigiando a ação da ventania em seu sono. Em meio ao sono e à noite, o pardal reparou que o monte de neve em que dormia se arrastava com ele e, em seguida, toda a neve ao seu redor desmoronou, se desfez e ele ficou sozinho na tempestade.

O pardal foi levado para longe, para uma altura grande e vazia. Lá não havia nem mesmo neve, apenas o vento puro e simples, intenso pela compressão de sua própria força. O pardal pensou, espremeu-se ainda mais em seu corpo e adormeceu naquela tempestade.

Depois de dormir bem, ele acordou, mas a tempestade ainda o carregava. O pardal já havia se acostumado a viver dentro da tempestade, e para ele era até mais fácil existir, porque não sentia o peso de seu corpo e não precisava andar, voar ou cuidar de nada. O pardal olhou ao redor na penumbra da tempestade — ele queria entender se era dia ou noite. Mas não conseguiu ver luz ou escuridão através da penumbra, se encolheu novamente e adormeceu, tentando guardar o calor ao menos dentro de si, deixando esfriar as penas e a pele.

Quando o pardal acordou uma segunda vez, ele ainda estava sendo carregado pela tempestade. Já estava se acostumando com ela, mas se preocupava com a comida. Ele não sentia frio naquele momento, mas também não sentia calor — estava somente tremendo na penumbra e no fluxo de ar puro. O pardal novamente se encolheu, tentando permanecer alheio a tudo, enquanto a tempestade não passasse.

O pardal acordou no chão, em um silêncio puro e quente. Estava deitado sobre as folhas de uma relva alta e verde. Pássaros desconhecidos e que não se viam entoavam cantos melodiosos, ele então se surpreendeu e ficou escutando por um tempo. Depois da nevasca, arrumou e limpou suas penas e foi se alimentar.

Ali, provavelmente, era um eterno verão, por isso a comida era abundante. Quase todo arbusto tinha frutos. Nos caules, entre as folhas, pendiam espigas com grãos, vagens macias com panquecas miúdas e condimentadas ou bagas grandes e nutritivas, que cresciam abertamente. O pardal passou o dia bicando, até se sentir envergonhado e enojado; ele voltou a si e parou de comer, embora pudesse ter comido mais um pouco.

Depois de dormir a noite toda no talo de uma erva, o pardal começou a se alimentar novamente pela manhã. Mas dessa vez não comeu muito. No dia anterior, devido à grande fome, ele não havia notado o sabor da comida, mas então sentiu que todos os frutos das ervas e arbustos eram demasiado doces ou, ao contrário, amargos. Porém os frutos continham grande propriedade alimentar na forma de uma gordura densa, quase inebriante, e, já no segundo dia, ele ficou ligeiramente gordo e brilhante. À noite, começou a sofrer de azia e sentiu saudade da acidez familiar do pão preto simples; suas pequenas entranhas e seu estômago gemiam ao lembrarem da sensação do miolo quente e escuro no estojo do músico ao lado do monumento a Púchkin.

Logo o pardal ficou completamente triste nessa terra pacífica de verão. A doçura e a abundância de alimentos, a luz do ar e a fragância das plantas não o atraíam. Perambulando pelas sombras das plantas, o pardal não encontrou nenhum conhecido ou parente: os pardais não viviam ali. Os pássaros locais, gordos, tinham belas penas coloridas; eles geralmente se empoleiravam no alto dos galhos das árvores e cantavam belas canções dali, era como se saísse luz de suas gargantas. Esses pássaros raramente comiam, porque lhes era suficiente bicar uma baga gorda para se saciar por todo o dia e toda a noite.

O pardal começou a viver em solidão. Aos poucos, sobrevoava todo o país, erguendo-se do chão logo acima dos arbustos, e em todos os lugares observava bosquetes densos de gramíneas e flores, árvores grossas e baixas, pássaros canoros, orgulhosos, e o céu azul e sem vento. Até mesmo as chuvas caíam somente à noite, quando todos dormiam, para que o mau tempo não estragasse o humor de ninguém.

Algum tempo depois, o pardal encontrou um lugar permanente para viver. Era a margem de um córrego, coberta com pequenas pedras, onde nada crescia, onde o solo era mais pobre e menos cômodo.

Numa greta da margem vivia também uma cobra, mas ela não tinha veneno nem dentes, alimentava-se engolindo terra úmida, como uma minhoca — os pequenos animais terrestres ficavam dentro dela, e a terra mastigada voltava para fora. O pardal fez amizade com essa cobra. Ele sempre ia até ela e olhava em seus olhos escuros e amigáveis, e a cobra também olhava para ele. Então o pardal ia embora, e se tornara mais fácil para ele viver sozinho depois de encontrar-se com essa cobra.

Certa vez, descendo o córrego, o pardal viu uma rocha alta e nua. Ele voou até ela e decidiu pernoitar todas as noites ali, na rocha elevada. Ele esperava que um dia começasse uma tempestade que o arrancaria da pedra, quando ele estivesse dormindo, e o carregaria de volta para casa, para o bulevar Tverskói. Na primeira noite, foi desconfortável dormir na rocha fria, mas na segunda noite o pardal já se acostumou e dormiu profundamente na rocha, como em um ninho, aquecido pela esperança na tempestade.

***

O velho músico concluiu que aquele pardal grisalho havia morrido para sempre numa tempestade de inverno. Os dias frios e as constantes nevascas impediam que o velho fosse ao bulevar Tverskói para tocar violino.

Nesses dias, o músico ficava em casa e seu único consolo era olhar para a vidraça congelada, onde em silêncio se compunha e decompunha a imagem de um país mágico, coberto de vegetação, povoado talvez somente por pássaros canoros. O velho homem não podia supor que seu pardal vivesse agora em uma terra quente e florida e dormisse à noite em uma pedra alta, se oferecendo ao vento... Em fevereiro, o músico comprou uma pequena tartaruga para si em uma loja de animais na rua Arbat. Certa vez, ele havia lido que as tartarugas viviam muito tempo, e não queria mesmo que a criatura com a qual seu coração se acostumaria morresse antes dele. Na velhice, a alma não se cura, ela é atormentada longamente pela memória; que a tartaruga, portanto, sobrevivesse à sua morte.

Vivendo junto com a tartaruga, o músico passou a ir raramente ao monumento a Púchkin. Agora tocava violino todas as noites em casa, e a tartaruga vinha devagar até o meio do cômodo, esticava o pescoço magro e longo e escutava música. Ela virava um pouco a cabeça para longe do homem, provavelmente para escutar melhor, e um de seus olhos negros olhava para o músico com uma expressão mansa. A tartaruga decerto temia que o velho parasse de tocar e ela ficasse de novo entediada, vivendo sozinha no chão nu. Mas o músico tocava para a tartaruga até tarde da noite, até que ela colocasse sua pequena cabeça no chão, cansada e adormecida. Depois de esperar que os olhos da tartaruga se fechassem com as rugas das pálpebras, o velho guardava o violino no estojo e também se deitava para descansar. Mas o músico dormia mal. No seu corpo, sentia ora fisgadas, ora dores, ora seu coração parava, e ele com frequência acordava com medo de estar morrendo. Geralmente descobria que ainda estava vivo e, do lado de fora da janela, na travessa de Moscou, continuava uma noite calma. Em março, ao acordar com o coração apertado, o velho ouviu um vento forte; o vidro na janela descongelou: provavelmente o vento soprava do sul, do lado da primavera. E o velho homem se lembrou do pardal e lamentou que ele tivesse morrido: o verão chegaria em breve, as árvores renasceriam novamente no bulevar Tverskói e o pardal poderia continuar vivo no mundo. E no inverno, o músico o traria para seu quarto, o pardal faria amizade com a tartaruga e passaria o inverno livremente no calor, como se estivesse aposentado... O velho adormeceu de novo, confortado pelo fato de que tinha uma tartaruga viva e que isso lhe bastava.

Naquela noite o pardal também dormiu, embora estivesse voando sob um vento sul semelhante a um furacão. Ele acordou apenas por um instante, quando um golpe do vento o arrancou de uma rocha alta, mas, alegre, logo voltou a adormecer, se encolhendo calorosamente. O pardal acordou ao amanhecer; o vento o levava com grande força para um lugar distante. Ele não teve medo do voo nem da altura; moveu-se dentro da tempestade como em uma massa pesada e viscosa, disse algo para si mesmo e sentiu que estava com fome. Olhou ao redor com cautela e notou objetos estranhos. Ele os examinou cuidadosamente e os reconheceu: eram as bagas gordas do país quente, grãos, vagens e espigas inteiras e, um pouco mais longe, até arbustos inteiros e galhos de árvores estavam voando. Significava que o vento havia carregado mais de um pardal consigo. Um pequeno grão voava rápido bem perto do pardal, mas era difícil agarrá-lo, por causa do peso do vento: o pardal esticou o bico várias vezes, mas não conseguiu pegar o grão, porque seu bico se chocava contra a tempestade como se fosse uma pedra. Então o pardal começou a girar em torno de si mesmo: virou de cabeça para baixo, soltou uma asa e o vento logo o levou para um lado — primeiro até o grão próximo, que o pardal imediatamente mordiscou, depois para as bagas e espigas mais distantes. Ele se alimentou até se fartar e, além disso,

aprendeu a se locomover quase que através da tempestade. Depois de comer, o pardal decidiu ir dormir. Agora ele se sentia bem: alimentos em abundância voavam perto dele, que não sentia frio nem calor em meio à tempestade. O pardal dormia e acordava, e, ao acordar, deitava-se novamente com as pernas ao vento para cochilar em paz. Nos intervalos entre um sonho e outro, ele se alimentava fartamente do ar ao redor; às vezes, uma baga ou uma vagem com recheio doce aninhava-se perto de seu corpo, e então restava-lhe apenas bicar e engolir o alimento. Mas o pardal receava que a qualquer instante o vento parasse de soprar, e ele já estava acostumado a viver na tempestade e alimentar-se abundantemente dela. Ele não queria mais procurar comida nos bulevares sob constante predação, sentir frio nos invernos e perambular pelo asfalto vazio, para não desperdiçar suas energias voando contra o vento. Só lamentava que não houvesse migalhas de pão preto em meio àquele vento forte — apenas doçura ou amargura. Para a felicidade do pardal, a tempestade durou muito e, quando acordou, ele se sentiu novamente leve e procurou cantarolar para si mesmo uma canção de contentamento com a vida.

***

Nas noites de primavera, o velho violinista saía quase diariamente para tocar no monumento a Púchkin. Ele levava a tartaruga e a colocava sobre as próprias patas perto dele. Durante todo o tempo da música, a tartaruga ouvia imóvel o violino e, nos intervalos, esperava pacientemente pela continuação. Como antes, o estojo do violino estava deitado no chão em frente ao monumento, mas a tampa agora ficava sempre fechada, pois o velho não esperava mais a visita do pardal grisalho.

Em uma noite serena, o vento começou a soprar com neve. O músico guardou a tartaruga sob a camisa, colocou o violino no estojo e foi para casa. Lá, como de costume, ele alimentou a tartaruga e depois a colocou para descansar em uma caixa com algodão. Depois disso, o velho quis tomar chá para esquentar o estômago e prolongar o tempo da noite. Mas não havia querosene no fogareiro nem na garrafa onde o armazenava. Então o músico foi até a rua Brónnaia para comprar querosene. O vento já havia parado; caía uma neve fraca e úmida. Na rua Brónnaia, a venda de querosene estava fechada para balanço, então o velho teve que ir até os Portões de Nikítski.

Depois de comprar querosene, o violinista voltou para casa pela neve fresca que então derretia. Dois meninos estavam parados no portão de um antigo bloco de apartamentos e um deles disse ao músico:

— Tio, compre um pássaro nosso... Não temos dinheiro suficiente para o cinema!

O violinista parou.

— Está bem — disse ele. — Onde o pegaram?

— Ele mesmo caiu do céu nas pedras — respondeu o menino e deu o pássaro para o músico, com as mãos fechadas.

O pássaro devia estar morto. O velho o colocou no bolso, pagou vinte copeques ao menino e seguiu caminho.

Em casa, o músico tirou o passarinho do bolso e o expôs à luz. O pardal grisalho jazia na palma da sua mão; seus olhos estavam fechados, as perninhas dobradas impotentes e uma das asas pendia sem força. Era impossível entender se o pardal estava desfalecido por um tempo ou para sempre. Por via das dúvidas, o velho colocou o pardal debaixo da camisa de dormir — ou estaria aquecido pela manhã ou nunca mais acordaria.

Depois de tomar chá, o músico, sem querer machucar o pardal, deitou-se cuidadosamente de lado para dormir.

O velho logo cochilou, mas acordou imediatamente: o pardal se mexeu debaixo de sua camisa e o bicou no corpo. "Está vivo! — pensou o velho. — Significa que seu coração se afastou da morte!" — e ele tirou o pardal do calor da camisa.

O músico colocou o passarinho ressuscitado para pernoitar com a tartaruga. Ela dormia em uma caixa onde havia algodão, e seria macio para o pardal.

De madrugada, o velho acordou definitivamente e olhou o que o pardal fazia ao lado da tartaruga.

O pardal estava deitado no algodão com os pezinhos para cima, e a tartaruga, esticando o pescoço, olhava para ele com olhos bondosos e pacientes. O pardal morreu e esqueceu para sempre que tinha existido no mundo.

À noite, o velho músico não foi ao bulevar Tverskói. Ele retirou seu violino do estojo e começou a tocar uma música suave e alegre. A tartaruga saiu para o meio do cômodo e começou, dócil e sozinha, a ouvi-la. Mas a música carecia de algo que consolasse totalmente o coração aflito do velho. Então ele colocou o violino no lugar e pôs-se a chorar.

**1936**

# Mamãe também

— Quando eu crescer, não vou para a escola! — disse Artióm à sua mãe, Ievdokia Alekseievna. — Não é verdade, mamãe?

— Sim, é verdade, sim — respondeu a mãe. — Para que precisa ir?

— Para que preciso ir? Para nada! E se eu for, você vai sentir saudades de mim. É melhor não ir!

— Não precisa — respondeu a mãe —, não precisa!

Mas depois do verão, quando Artióm fez sete anos, Ievdokia Alekseievna pegou o filho pela mão e o levou para a escola. Artióm quis fugir da mãe, mas não conseguiu se soltar da mão dela; a mão de sua mãe, antes macia, era agora firme.

— Tá bom! — disse Artióm. — Mas logo, logo volto para casa! Logo, logo, não é verdade?

— Sim, logo, logo — respondeu a mãe. — Vai estudar só um pouquinho e já, já, voltará para casa.

— Só um pouquinho — concordou Artióm. — E você não fique com saudades de mim lá em casa.

— Não vou ficar, filho, não vou sentir saudades.

— Não, sinta um pouquinho — disse Artióm. — Assim vai se sentir melhor, senão, o quê? Não precisa retirar os brinquedos do canto: vou brincar assim que chegar, virei correndo para casa.

— Estarei esperando por você — disse a mãe —, e vou assar panquecas para você.

— Vai me esperar? — Artióm alegrou-se. — Vai ter que esperar muito tempo! Ah, que ruim para você! Mas não chore por mim, não tenha medo e não vá morrer, me espere!

— Pode deixar! — riu a mãe. — Vou esperar, meu querido, e, se Deus quiser, não vou morrer.

— Respire e tenha paciência, assim não vai morrer — disse Artióm. — Olhe como eu respiro, respire assim também.

A mãe então se deteve, suspirou e apontou para longe, mostrando ao filho. Lá, no final da rua, ficava a nova escola, grande, feita de troncos. Foi construída durante todo o verão; atrás dela começava uma densa floresta de caducifólias. Ainda estava longe da escola, faltava uma longa fileira de umas dez ou onze casas para chegar lá.

— Agora vá sozinho — disse a mãe. — Deve se acostumar a ir sozinho. Está vendo lá a escola?

— Sim! Aquela lá!

— Bom, agora vá, Artiómuchka[1], vá sozinho. Obedeça à professora, lá ela será como se fosse eu.

Artióm ficou pensativo.

— Não, ela não vai ficar no seu lugar — disse baixinho —, ela é uma estranha.

— Você vai se acostumar, Apollinária Nikoláievna será como que da família. Agora vá!

A mãe beijou-lhe a testa e ele seguiu adiante sozinho.

Depois de se afastar um bom pedaço, ele voltou-se para olhar para a mãe. Ela estava no mesmo lugar e olhava para ele. Artióm quis chorar por causa da mãe e voltar para ela, mas seguiu em frente, para que a mãe não ficasse chateada com ele. Ela também quis correr atrás de Artióm, pegá-lo pela mão e voltar com ele para casa, mas apenas suspirou e voltou para casa sozinha.

Pouco tempo depois, Artióm se virou de novo para olhar, mas já não se podia mais vê-la.

Ele então foi caminhando sozinho e começou a chorar. E logo um ganso estendeu o pescoço através da cerca, grasnou e bicou as calças de Artióm, tocando ao mesmo tempo a pele viva de sua perna. Artióm afastou-se num pulo e se livrou do ganso. "São terríveis pássaros selvagens — decidiu Artióm. — Eles vivem com as águias!"

Um outro quintal estava com os portões abertos. Artióm viu um bicho peludo com erva de pegamasso grudada nele; o bicho

—

1. Hipocorístico de Artióm. (N. da T.)

estava com o rabo virado para ele, mas era bravo e mesmo assim o via.

"O que será ele? — pensou Artióm. — Um lobo?" Ele virou-se para o lado por onde sua mãe tinha ido embora, para ter certeza de que o bicho não a via, senão o tal lobo podia correr até lá. A mãe não estava mais à vista, certamente já estava em casa; ainda bem, assim o lobo não iria comê-la. O animal peludo virou de repente a cabeça e, em silêncio, arreganhou os dentes para Artióm.

Artióm reconheceu a cadela Jútchka.

— Jútchka, é você?

— Rrrr! — respondeu o cachorro-lobo.

— Venha me pegar, que vai ver! — disse Artióm. — Venha! Sabe o que vou fazer com você? Estou indo para a escola. Olhe lá, dá para ver!

— Mmm — disse pacificamente Jútchka e agitou o rabo.

— Ah, ainda está longe! — suspirou Artióm e seguiu pelo caminho.

De repente, alguém bateu dolorosamente na bochecha de Artióm, quase se cravando nela, e logo desapareceu.

— Quem foi agora? —assustou-se Artióm. — Por que me bateu? Eu também vou pegar você... Preciso ir para a escola. Eu sou um aluno, não está vendo?!

Ele olhou ao redor, mas não havia ninguém, apenas o vento farfalhando as folhas caídas.

— Se escondeu? — perguntou Artióm. — Apareça!

Havia um besouro grande deitado no chão. Artióm o apanhou e o colocou sobre uma bardana.

— Foi você que caiu do vento em cima de mim. Pois agora vá viver, viva rápido, antes que chegue o inverno!

Dizendo isso, Artióm correu para a escola, para não se atrasar. Primeiro foi correndo por uma vereda ao longo da cerca, e de lá algum bicho expirou nele um fungado quente e disse: "Furr-furrtch!"

— Não me detenha, estou com pressa! — respondeu Artióm e, ainda correndo, foi para o meio da rua.

No pátio da escola estavam os meninos. Artióm não os conhecia, deviam ter vindo de outra aldeia, já fazia tempo que estudavam e eram todos inteligentes, pois Artióm não entendia nada do que eles diziam.

— Você conhece letras em negrito? Veja só! — disse um menino de outra aldeia.

E outros dois disseram:

— O Afanássi Petróvitch nos mostrou os insetos glossata!

— Já estudamos isso. E estudamos também os pássaros até as tripas!

— Vocês estudaram somente até as tripas, nós estudamos todos os pássaros e até a migração deles.

"E eu não sei nada — pensou Artióm —, apenas amo a mamãe! Vou correr para casa!"

Tocou a sirene. A professora Apollinária Nikoláievna saiu para o alpendre e, quando a sirene se calou, disse:

— Boa tarde, crianças! Venham aqui, venham até mim.

Todas as crianças entraram na escola, somente Artióm permaneceu no pátio. Apollinária Nikoláievna foi até ele:

— E você, o que foi? Está com medo?

— Quero a mamãe — disse Artióm, e cobriu o rosto com a manga. — Me leve depressa para casa.

— Não, ora! — disse a professora. — Na escola, eu sou como uma mãe para você!

Ela pegou Artióm, colocou-o nos braços e o carregou.

Artióm foi examinando a professora aos poucos: veja só, como era ela — rosto branco, bondosa, olhos alegres como se fosse uma menina e quisesse brincar com ele. E, como a mãe, ela cheirava a pão quente e erva seca.

Na sala, Apollinária Nikoláievna quis sentar Artióm na carteira, mas, assustado, ele se grudou a ela e não saiu de seus braços.

Apollinária Nikoláievna sentou-se à sua mesa e começou a ensinar as crianças, deixando Artióm ficar no seu colo.

— Que pato gordo é esse sentado em seu colo? — perguntou um menino.

— Não sou gordo! — respondeu Artióm. — Uma águia me atacou, estou ferido.

Ele desceu do colo da professora e se sentou na carteira.

— Onde? — perguntou a professora. — Onde está o ferimento? Me mostre!

— Aqui está! — Artióm mostrou a perna onde o ganso o havia beliscado.

A professora olhou para a perna.

— Consegue sobreviver até o final da aula?

— Consigo — prometeu Artióm.

Artióm não ouviu o que a professora disse durante a aula. Ele olhava pela janela para uma distante nuvem branca; ela flutuava no céu em direção à sua casa, à isbá em que agora estava a sua mãe. Será que está viva? Terá morrido de alguma coisa? A vovó Dária tinha morrido de uma vez na primavera, ninguém esperava nem imaginava. Ou talvez a isbá tenha pegado fogo, pois fazia tempo que Artióm saíra da casa, podia ter acontecido qualquer coisa.

A professora notou a preocupação do menino e perguntou a ele:

— E você, Fiodótov Artióm, no que está pensando agora? Por que não está me escutando?

— Estou com medo de um incêndio, de que nossa casa pegue fogo.

— Não vai, não. O povo do *kolkhoz*[2] fica vigiando, ele apagará o fogo.

— Apagarão sem mim? — perguntou Artióm.

— Darão conta sem você.

Depois da aula, Artióm foi o primeiro a sair correndo para casa.

2. Fazendas coletivas organizadas sob a forma de cooperativas de camponeses na União Soviética. (N. da T.)

— Espere, espere — disse Apollinária Nikoláievna. — Volte aqui, você está ferido.

Os meninos disseram:

— Vejam só, é aleijado, mas corre!

Artióm parou na porta, a professora veio até ele e o levou pela mão. Ela vivia nos aposentos da escola, mas tinha uma entrada particular. Na casa de Apollinária Nikoláievna cheirava a flores, a louça tilintava baixinho no armário, tudo estava arrumado e limpo; era agradável.

Apollinária Nikoláievna sentou Artióm em uma cadeira, lavou a perna dele com a água morna de uma bacia e fez um curativo na manchinha vermelha do beliscão do ganso.

— A sua mãe vai ficar triste! — disse Apollinária Nikoláievna. — Vai ficar muito triste!

— Não vai! — respondeu Artióm. — Ela está assando panquecas!

— Vai, sim. Ela vai dizer: "Ah, o que Artióm foi fazer hoje na escola? Foi para estudar, mas não aprendeu nada. Então ele mentiu para a mamãe, ele não me ama", é o que ela vai dizer, depois vai chorar.

— É verdade! — assustou-se Artióm.

— Pois é. Então vamos estudar agora.

— Só um pouquinho — disse Artióm.

— Tudo bem, um pouquinho — concordou a professora. — Bem, venha cá, ferido.

Ela o colocou no colo e o levou para a sala de aula. Artióm, com medo de cair, agarrava-se a ela. Ele sentiu de novo aquele cheiro suave e agradável que sentia ao lado da mãe, e aqueles olhos estranhos que então olhavam para ele de perto não eram zangados, era como se ele os conhecesse há muito tempo. "Não tenho medo" — pensou Artióm.

Na sala, Apollinária Nikoláievna escreveu uma palavra na lousa e disse:

— Assim se escreve a palavra "mamãe". — E mandou-lhe escrever aquelas letras no caderno.

— Mas isso é sobre a minha mamãe? — perguntou Artióm.

— Sim, sobre a sua.

Artióm começou então a desenhar diligentemente no caderno as mesmas letras que estavam na lousa. Ele se esforçava, mas a sua mão não obedecia; ele dizia para ela como deveria escrever, mas a mão passeava sozinha e escrevia umas garatujas nada parecidas com a mamãe. Zangado, Artióm escrevia várias vezes as cinco letras que representavam "mamãe", enquanto a professora não desviava dele o seu olhar feliz.

— Você está de parabéns! — disse Apollinária Nikoláievna.

Ela viu que Artióm agora conseguia escrever as letras bem e com precisão.

— Me ensine mais! — pediu Artióm. — Que letra é essa, desse jeito assim, de mãos na cintura?[3]

— Esta é o F — disse Apollinária Nikoláievna.

— E o que são letras em negrito?

— São estas letras gorduchas.

— Bem nutridas? — perguntou Artióm. — Não vai me ensinar mais? Não tem mais nada?

— Como assim, "nada"? Olhe só! — disse a professora. — Escreva mais!

Ela escreveu na lousa: "Pátria".

Artióm começou a copiar a palavra no caderno, mas parou de repente e pôs-se a escutar.

Alguém na rua disse com uma voz assustadora e triste: "Uh-uh!" — e depois, de algum lugar, como se fosse debaixo da terra, ainda soou: "N-n-n!"

—

3. Refere-se à figura da letra russa correspondente à letra latina f: ф. (N. da T.)

Artióm viu pela janela a cabeça preta de um touro. O touro olhou para ele com um olho sanguinário e partiu em direção à escola.

— Mamãe! — gritou Artióm.

A professora pegou o menino e o apertou contra o peito.

— Não tenha medo! — disse ela. — Não tenha, meu pequeno. Eu não vou dar você para ele, ele não vai tocar em você.

— Uh-uh-uh! — bramiu o touro.

Artióm abraçou o pescoço de Apollinária Nikoláievna e ela pôs a mão na cabeça dele.

— Vou enxotá-lo.

Artióm não acreditou.

— Ah, é. Mas você não é a mamãe!

— Mamãe... Agora sou como uma para você!

— Você é mamãe também? A mamãe está lá; você também... você é daqui.

— Eu também. Para você, eu também sou mãe.

Um velho coberto de poeira entrou na sala com um chicote, inclinou-se e disse:

— Boa tarde! Então, vocês não teriam *kvas*[4] ou água para beber? Estava uma secura na estrada...

— E quem é o senhor, da parte de quem? — perguntou Apollinária Nikoláievna.

— Somos de longe — respondeu o velho. — Estamos de passagem por aqui, levando os touros de raça, segundo o plano[5]. Vocês ouvem como eles bramem nas entranhas? São ferozes!

— Os seus touros podem machucar as crianças! — disse Apollinária Nikoláievna.

— O que é isso?! — ofendeu-se o velho. — E eu estou aqui para quê? Vou proteger as crianças!

---

4. Bebida fermentada popular na Rússia e em outros países do Leste Europeu. (N. da T.)

5. Refere-se ao plano quinquenal: plano econômico implementado a partir dos anos 1920 em toda a União Soviética. (N. da T.)

O velho pastor bebeu à vontade a água fervida do tanque, bebeu meio tanque, tirou da sua bolsa uma maçã vermelha e a entregou a Artióm. "Coma — disse ele —, afie os dentes" — e foi embora.

— E eu ainda tenho também outras mamães? — perguntou Artióm — Lá, em algum lugar bem longe?

— Sim — respondeu a professora. — Você tem muitas.

— Para que muitas?

— Para que o boi não chifre você. Toda a nossa Pátria é também a sua mãe.

Logo depois Artióm foi para casa e na manhã seguinte, muito cedo, se arrumou para ir à escola.

— Para onde vai? Ainda está cedo — disse a mãe.

— Sim, mas lá está a professora Apollinária Nikoláievna! — respondeu Artióm.

— E o que é que tem? Ela é professora. Ela é bondosa.

— Ela já deve estar com saudade — disse Artióm. — Tenho que ir.

A mãe se inclinou e beijou o filho antes de ele partir.

— Então vá, vá devagarinho. Estude lá, e cresça forte e feliz.

**c. 1936**

# Puk-puk

Tima[1]-Timoféi tem uns três, quatro anos. Ele ainda fala mal, está apenas aprendendo as palavras, mas acha que fala bem. Anda ainda sem firmeza, às vezes até cai, mas acha que anda bem. Ainda não conhece todas as coisas, como se chamam e para que servem, mas acha que sabe tudo. Todos sabem que Tima ainda é pequeno, somente ele entende que já cresceu.

A mãe acha que Tima é um menino teimoso, mas Tima pensa que sua mãe é que é teimosa, porque não lhe obedece.

Toda manhã, assim que acorda, Tima logo inventa alguma coisa. A mãe já sabe: seu filho com certeza inventará algo. Ora ele pede um foguete pirotécnico, que não há em casa e, mesmo que houvesse, não se poderia colocá-lo nas mãos de uma criança; ora quer beber o que sobrou do vinho de seu pai e, ainda sem ganhar o vinho, já grasna como o pai; ora exige que seja verão, pois seria melhor, estava no outono e era pior; ora não quer se vestir de modo nenhum, pois a minhoca na terra e o peixinho no aquário também não se vestem e vivem nus, isso ele tinha visto; ora pede que a mãe o alimente como a mãe pardal alimenta o pardalzinho, pondo comida na boca, isso ele vira em um quadro; ora estende a mão para a mãe e exige: me dê, me dê, me dê! Mas o que lhe dar, ele mesmo não sabe, ainda não inventou.

— Ah — dizia-lhe a mãe —, Tima, você ainda é pequeno, mas já tão inventivo. Me sinto tão bem com você, mas é tão difícil, se você soubesse. Mas, em todo o caso, você vai crescer bem, não é verdade? Será uma boa pessoa, me diga?

— Serei! — dizia Tima.

— Ou talvez não?

— Não! — dizia ele.

— Na minha opinião — certa vez pensou a mãe em voz alta —, você ainda é tão pequeno que não é bom nem mau. Você não é de nenhum jeito!

---

1. Hipocorístico de Timoféi. (N. da T.)

— De nenhum jeito! — repetiu Tima.

— Mas você é encantador! — disse a mãe.

— Me dê sal! — pediu Tima.

— Para que quer sal? E que sal?

— Do peixinho.

A mãe adivinhou: no dia anterior, antes do almoço, eles comeram arenque e conversavam com o pai, dizendo que no arenque havia muito sal; agora Tima exigia que tirassem para ele o sal do arenque.

A mãe sorriu para o filho:

— Não se pode tirar o sal do peixinho! Sabe disso?

— Não se pode! — disse o filho.

— Sim, e também não se deve fazer isso. Vamos esquecer do sal!

— Me dê sal!

— Mas não tem nem arenque, nós o comemos!

— Me dê sal!

— O papai comeu o peixinho e agora está no trabalho. Como vou tirar o peixinho do papai, e o sal do peixinho? Pense!

— Me dê sal! Do peixinho! Do papai!

À noite, a mãe se queixou para o pai de que o filho deles era teimoso demais, que ele pedira o tempo todo o sal do arenque.

— Temos que mandá-lo para o capitalismo! — disse o pai. — Lá, a criança pediria arenque, e não sal.

— Tima — perguntou a mãe —, você quer ir para o capitalismo, onde estão os fascistas?

— Me dê sal — insistiu Tima.

— Coma caviar, Timoféi! — disse o pai. — Ele também é salgado, tem sal nele. Experimente!

Ele espalhou o caviar vermelho sobre uma fatia de pão e colocou o pão diante do filho.

— Me dê sal! Do peixinho! — disse Tima baixinho, e afastou o pão com o caviar vermelho.

— Ah — suspirou o pai —, por uma coisa destas, no capitalismo, meu pai me daria uma surra de cinto, e meu avô daria mais um pouco.

— Ele é um velhote? — perguntou Tima.

— O meu avô? Ele era um mártir — respondeu o pai. — Que velhote!

— E comia sal? — perguntou Tima. — Me dê o sal do peixinho!

O pai e a mãe olharam um para o outro, quiseram ficar zangados, mas acabaram rindo.

Na manhã seguinte, assim que acordou, Tima pediu para a mãe:

— Mê dê puk-puk!

A mãe não entendeu:

— Que puk-puk é esse?

— Puk-puk!

— Mas como ele é, esse puk-puk? É grande ou pequeno, mora em algum lugar ou vive guardado numa caixa?

— Puk-puk! — explicou Timoféi. — Ele é puk-puk!

— Não conheço nenhum puk-puk — disse a mãe. — Me diga de novo quando crescer. Agora vamos vestir as calças.

Tima então se ofendeu e gritou de tal modo que do teto caiu um pouco de cal.

A mãe recolheu as partículas de cal do chão, colocou-as na palma da mão e mostrou para o filho:

— Talvez isso seja o puk-puk?

— Não... Me dê puk-puk! — E Tima novamente gritou de tal modo que uma pequena aranha, que se recolhera para dormir durante o inverno num cantinho atrás do forno, acordou pensando que a primavera chegara, e um tinido soou no vidro da janela em resposta ao grito.

— Mas pelo menos me diga com quem esse seu puk-puk se parece? — quis saber a mãe. — Comigo ou com o papai? Onde você o viu?

— Papai puk-puk — disse Tima.

— Papai tinha puk-puk? Vamos agora perguntar a ele. O que será isso?...

A mãe telefonou para o pai.

O pai pensou durante muito tempo e não foi capaz de se lembrar o que seria um puk-puk. Perguntou aos seus camaradas, mas eles também não sabiam. Então olhou nos livros, no manual e na enciclopédia, mas lá não havia esta palavra.

— Provavelmente é uma palavra que ele próprio inventou — disse o pai.

— Não sei — disse a mãe. — Mas ele grita tanto que o teto está caindo, as janelas tilintam e eu vou envelhecer e morrer por causa dele.

— Você se lembra — respondeu o pai —, quando ele ainda não existia, nós achávamos que ele seria bom!

— Lembro-me — disse a mãe. — Mas ele é bom! É de propósito que ele está assim... Desse jeito, quando ficar farto, ele próprio vai parar.

— Por que fala assim? — perguntou o pai ao telefone. — Por que defende o pequeno traidor?

— Porque o amo — respondeu a mãe, e desligou.

— Me dê puk-puk! — gritou Tima novamente; a luz do quarto acendeu sozinha com o seu grito: o débil interruptor tremeu devido ao barulho e ligou a eletricidade.

A mãe abraçou Tima.

— Meu mudinho! Ainda não pode falar, mas já está exigindo! Espere, tentarei entender agora. Mas não grite tanto, a luz acende por sua causa!

Ela telefonou para a agência de informações e perguntou se existia tal objeto, vivo ou morto, ou qualquer coisa que se chamasse puk-puk. De lá responderam: sim, quaisquer objetos alongados, postos juntos, formam um molho[2] ou buquê — um molho de

---

2. *Puk* (пук) em russo significa "pequeno feixe", "penca" ou "molho". (N. da T.)

ervas, um molho de espigas, um molho de varas, um molho do que quiser.

— Precisamos de um puk duas vezes — disse a mãe. — Tima, você quer um puk de flores, de espigas ou de varas?

— Não... Me dê puk-puk! — gritou Tima.

— Tudo bem — decidiu a mãe. — Vamos nos vestir rapidamente, comemos e vamos para a rua. Lá, perguntamos às pessoas o que é puk-puk e o compramos na loja. Tudo bem?

O menino sacudiu o tabique lateral da cama; ele estava de pé, descalço, somente de camisa e de lá combatia.

— Olhe, olhe, tricidade! — gritou Tima.

— O quê? — perguntou a mãe. — Ah, eletricidade! Você está dizendo: olhe, olhe, eletricidade! Vou apagá-la agora. Veja só como você é cuidadoso!... Ah, meu querido!... Sabe de uma coisa? Vamos esquecer o puk-puk, que ele não exista!

— Me dê puk-puk!

A mãe achava que na rua Tima esqueceria do seu puk-puk. Mas ele olhou para o policial e disse: puk-puk! O policial logo saudou Tima:

— Pois não, cidadão!

A mãe explicou:

— Precisamos de puk-puk. Mas não sabemos o que é!

— Vocês precisam de puk-puk? — perguntou o policial, pensativo. — Precisam de puk-puk... Só um momento, um momento... Já, já vamos encontrá-lo e o daremos.

O policial subiu no passeio com o cidadão e a cidadã, sacou um livro grosso e começou a procurar nele o que era necessário.

— Então, vocês precisam de puk-puk... Ah! Eis aqui! PUK — Produção Utilitária de *Kiziák*[3], para lá vai o bonde quatro, o setenta e três...

---

3. Esterco seco em forma de adobe. (N. da T.)

— Eu lhe agradeço — disse a mamãe. — Mas não é isso. Não se pode presentear uma criança com uma produção utilitária de *kiziák*.

— Isso é certo: de jeito nenhum, não se pode presentear uma criança com uma coisa dessas! — concordou o policial. — Por enquanto, não tem outro puk, somente este.

No caminho de volta, passaram para uma visita na casa de sua velha amiga Anastassía Makárovna.

— Boa tarde, Nástia[4] — disse a mãe à amiga —, boa tarde, querida! Estamos aqui andando e procurando puk-puk. Por acaso você teria?

— Sim, claro que tenho! — respondeu Anastassía Makárovna.

— Me dê, me dê! — disse Tima, estendendo a mão.

— Que tipo de puk-puk você precisa? Eu tenho vários. Que puk ele quer?

— Nós não sabemos! — explicou a mãe.

— Um assim! — disse Tima, e gritou de tal maneira que os gatos miaram de medo.

— É preciso lhe dar umas palmadas e colocar você em um canto. Ora, mas que berro! Eu daria a você um puk-puk!

A mãe ficou amargurada:

— Por que fala assim, Nástia? Não se pode fazer isso com as crianças. Você só teve gatas, não sabe nada de crianças!

— Você, estou vendo, sabe muito! Anda pela cidade, procurando não se sabe o quê. Veja só que pedagoga!

— Eu não sou pedagoga, Nástia, isso é verdade. No entanto, tenho algo que você não tem.

— E o que você tem?

— Tenho um coração materno.

— Imagina, ela tem um coração! Junto ao seu coração é preciso adicionar uma cabeça...

—

4. Hipocorístico de Anastassía. (N. da T.)

Anastassía Makárovna tirou dois bombons grandes do guarda-louça e os deu para Tima.

— Coma, tirano!

— Não — disse Tima, e escondeu a cara no casaco da mãe.

— Olhem isso, gente boa, ele próprio tortura a mãe e se esconde atrás dela.

— E deveria se esconder atrás de quem? — perguntou a mãe. — Não seria atrás de você, gateira.

E eles foram embora. Na rua, Tima chamou baixinho:

— Mamãe!

— O que foi, filhinho?

— Me dê puk-puk!

A mãe parou e olhou assustada para o filho:

— Tima, mas você realmente é um tirano! É um tirano, não é?

— Sim — respondeu Tima. — Me dê puk-puk!

Eles chegaram às margens do rio, desceram até a praia e foram andando pela areia ao lado da água. Não havia ninguém na praia: o outono chegara, corria somente o rio frio. A mãe pegou o filho no colo e o carregou, pois ele estava cansado.

Tima olhou para a água, como ela corria, e gritou de repente:

— Puk-puk! Aí está o puk-puk! Me dê puk-puk!

A mãe olhou para a superfície do rio; realmente, longe da margem flutuavam umas pequenas manchinhas vermelhas.

— Mas como vou pegar esse puk-puk para você? — perguntou a mãe.

— Me dê puk-puk! — exclamou Tima, tão estridente, que a gralha que voava sobre eles logo saltou para o lado.

Então a mãe colocou Tima no chão, sentou-se na areia, tirou os calçados rapidamente e entrou na água fria. Enquanto ela chegava até o puk flutuante, a água cobria-lhe até a cintura; ali não era um lugar raso.

Ela pegou o puk-puk na mão e o levou para o filho. Eram pequenos círculos vermelhos de papel, confetes; provavelmente

haviam sido jogados dos barcos por pessoas que passeavam ou vieram flutuando do parque de cultura e lazer.

— Tome o seu puk-puk! Finalmente o achamos!

Tima examinou os círculos vermelhos e afastou a mão da mãe.

— Não — disse ele.

— Como não? — zangou-se a mãe. — Para que eu fui entrar no rio e me molhar toda?...

— Me dê puk-puk!

À noite, na hora do chá, o pai puxou para si a caixinha de ferro, abriu-a e com a faca retirou dali os grãos de caviar vermelho.

— Puk-puk! — apontou Tima para o caviar. — Me dê puk-puk!

O pai espalhou o caviar no pão e o deu para o filho.

— Veja só o que é o puk-puk!

A mãe sorriu:

— E nós o procuramos pela cidade toda e até entramos no rio em busca dele! Fiquei com tanto frio que não consigo me esquentar de jeito nenhum!

Tima olhou por muito tempo para o caviar e não o comeu, mas pediu para a mãe um pão sem nada. De manhã, ele exigiu:

— Mamãe, me dê uma coisinha!

A mãe estava deitada na cama. Ela respirava e se mantinha em silêncio.

— Mamãe, me dê uma coisinha!

A mãe tentou se levantar e voltou a deitar.

— Espere, Tima... espere… estou me sentindo mal. Depois darei a coisinha para você.

Eles estavam sozinhos, fazia tempo que o pai saíra para o trabalho.

Tima pediu ainda algumas vezes a coisinha; no início, a mãe respondia, mas depois calou-se. Tima saiu da cama e foi até ela.

— Não faz mal, não faz mal — murmurou a mãe. — Já vou me levantar. Coloque o chinelo, não ande descalço. O que há comigo?

A mãe caiu no sono novamente. E Tima não quis mais a coisinha, não precisava de mais nada. Ele queria que a mãe abrisse os olhos novamente e olhasse para ele, mas ela estava deitada absorta e não falava com ele.

Tima andou pelos cômodos, foi até a cozinha, tocou as coisas que não podia tocar — facas, máquina de moer carne, torneiras do fogão a gás, mas não se interessou por elas. Ele olhou pela janela; o sol iluminava a rua e o conhecido cachorro Kuzka latia. Mas o sol não brilhava com tanta clareza como ontem, estava embaçado, e Kuzka latia baixinho, como se estivesse dormindo.

Tima não precisava de ninguém; ninguém olhava para ele de um canto escuro com um olho misterioso e brilhante, nada o assustava e nada o alegrava, era como se todos os objetos vivos e conhecidos ao seu redor tivessem se tornado estranhos e mortos. Tima subiu em uma cadeira, abriu o armário onde encontravam-se o relógio de seu pai, a navalha, as caixinhas coloridas da mãe, onde estava pendurada a espingarda de caça de pequeno calibre, para a qual tempos antes Tima apontava e gritava: me dê, me dê, me dê... Desta vez Tima não tocou em nada e fechou o armário.

— Mamãe, levante! — chamou Tima. — Levante, mamãe!

A mãe não respondeu. Tima olhou ao redor; tudo ficou sombrio e assustador; ele subiu depressa na cama da mãe, se encostou ao seu corpo quente e adormeceu.

A mãe adoeceu de pneumonia, no dia seguinte a levaram para o hospital, e a sua amiga Anastassía Makárovna veio viver na casa deles, onde estava Tima.

— Enquanto sua mãe estiver doente, eu serei a sua mãe! — disse Anastassía Makárovna. — Vamos viver em paz!

— Não — disse Tima. — Você não é a mamãe!

— E quem sou eu?

— Uma gateira.

— Gateira! — exclamou Anastassía Makárovna! — Eu sou uma gateira!... Tudo bem! Experimente pedir alguma coisa, peça puk-puk. E logo farei de você, tirano, um proletário!... Eu não sou a sua mamãe!

Tima subiu na cama onde a mãe antes dormia, afundou a cabeça no travesseiro e chorou baixinho.

— Mamãe — sussurrava ele —, mamãe! Não vou pedir sal nem puk-puk, e nem a coisinha! Não preciso!

Tima passou a viver em solidão; não pedia nada a Anastassía Makárovna e era indiferente a ela, como se ela nem existisse.

— Sem a mãe não tem caprichos — surpreendia-se Anastassía Makárovna —, não é interessante ficar comigo... Tima! — chamava ela. — Poderia exigir, ordenar algo como antes: me dê, me dê, me dê...

— Me dê a mamãe, gateira! — pediu Tima.

O pai percebeu o quanto Tima tinha saudades da mãe e o colocou no jardim de infância; ele estaria melhor lá, entre meninos da sua idade.

No início, Tima atemorizou-se quando ficou no jardim de infância em um quarto estranho, sem pai, sem mãe. Mas a professora Irina Pávlovna o pegou no colo, apertou-o suavemente contra si e o levou para apresentá-lo às crianças da turma.

Depois Irina Pávlovna disse para Tima:

— Você vai cuidar de um menino menor do que você. Olhe, cuide dele e o ame. Ele está ali, se chama Tíchetchka. Você se tornará amigo dele?

— Sim — respondeu Tima baixinho.

Irina Pávlovna trouxe até ele o menino sardento Tíchka, que era menor do que Tima, tinha três anos.

— Pegue-o pela mão — disse Irina Pávlovna.

Tima pegou Tíchka pela mão e foi com ele. No chão do quarto de brinquedos, Tima levantou um raminho de pinheiro, mas Tíchka logo o tomou dele.

— É meu! — disse Tíchka.

Então Tima achou para si um anelzinho de madeira.

— É meu! — disse Tíchka e tomou dele o anel.

Tima deitou de barriga nas costas do cavalo de madeira.

— É meu! — Tíchka se pôs a gritar, enquanto Tima não se levantou do cavalo, depois Tíchka abraçou o pescoço do cavalo e ficou contente.

— Me dê! — exigiu Tima.

— É meu! — respondeu Tíchka.

— Me dê!

— É meu!

Tima agarrou Tíchka pelos ombros, Tíchka também agarrou Tima, os dois gritaram, berraram, rosnaram para assustar um ao outro, mas não tiveram medo e apenas suaram de raiva.

Irina Pávlovna veio até eles.

— Assim não, assim não! — disse ela. — Desse jeito não é possível. Tima, você é o chefe! Por que agarrou o pequeno Tíchka?

Tima respirava em silêncio, depois tomou fôlego e respondeu:

— Ele fala "é meu, é meu", mas eu também tenho o que é meu!

— Não conseguiram repartir os bens! Mas há para todos! Agora peguem a mãozinha um do outro, vão passear, vamos almoçar em breve. Habituem-se um ao outro. O que eu lhes disse?

Sem vontade, Tima pegou Tíchka pela mão e foi com ele até o quintal. Lá, Tíchka fugiu de Tima e caiu com o rosto em um montículo de areia. Ele se levantou do chão, não sentiu dor, sentiu-se injuriado. Mas ninguém sabia se ele sentia dor ou não, ele então se pôs a chorar como se tivesse doído, para que todos assim pensassem. Tima viu que o facínora Tíchka tinha se machucado, mas achava que ele merecia, porque sempre falava "é meu, é meu", e se tudo fosse dele, Tima não teria nada.

Tíchka verificou se Tima estava olhando para ele, para saber se ainda precisava chorar. Tima olhava para outro lado, mas depois olhou novamente para Tíchka. Tíchka lambuzou o rosto na areia e na terra, piscou com os olhos chorosos e jogou fora uma pedrinha que mantinha no punho cerrado, pois não precisava mais dela.

Tima viu o seu rosto triste e lastimável; provavelmente Tíchka sentia dor assim como a mãe de Tima quando adoecera. Tima exclamou "mamãe!", e foi correndo até Tíchka. Ele limpou o rosto de Tíchka com a palma da mão como a mãe o limpava, levantou Tíchka do chão e levou-o pela mão. Que não caia, porque está com dor. Tima passeou com Tíchka de mãos dadas até a hora do almoço, e ele próprio deu-lhe todos os objetos necessários, para que Tíchka não gritasse: é meu!

Na manhã seguinte, Anastassía Makárovna trouxe Tima para o jardim de infância. Ela disse a Irina Pávlovna que Tima era um menino muito teimoso, mas ela sabia que o nervosismo e a teimosia das crianças vêm das lombrigas, por isso é preciso tirá-las de Tima, assim ele melhoraria.

— Se fosse tão simples assim! — respondeu Irina Pávlovna. — Me diga, tem muitos gatos ou cachorros na casa de Tima?

— Nenhum — disse Anastassía Makárovna —, as gatas vivem na minha casa.

— Investigue o seu organismo, querida — aconselhou Irina Pávlovna, e tirou o casaco e o gorro de Tima.

— E Tíchka? — perguntou Tima.

— Tíchka!... Ele veio, o seu Tíchka, está esperando você.

Tima encontrou Tíchka, logo pegou-o pela mão e o levou até a mesa, para tomar café da manhã.

Quando a mãe de Tima voltou do hospital para casa, não deixou Tima ir para o jardim de infância. Ela o abraçou, colocou-o no seu colo e ficou o dia todo com ele. Tima olhava para o rosto da mãe, pálido e feliz, e se aquecia novamente com o calor materno. A mãe esperava que Tima pedisse alguma coisa para ela, exigisse ou inventasse algo que não podia ser compreendido: ela agora ficaria feliz com isso; mas Tima não queria nada, já estava satisfeito com a presença da mãe e agarrava-se firmemente ao botão de seu casaco.

À noite, quando o pai chegou, a mãe disse para Tima:

— Amanhã vamos novamente procurar puk-puk ou alguma outra coisa? Quer?

— Não — respondeu Tima.

— Por que não? Vamos!

— Tíchka está lá — disse Tima.

— Ah, Tíchka espera por você no jardim de infância? Quem é esse Tíchka?

— Será que você entraria novamente na água fria para procurar esse puk-puk? — perguntou o pai à mãe.

— Entraria! — riu a mãe.

— Hum, pois bem — disse o pai. — Você sabe amar as crianças, mas duvido que saiba educar...

— Quem sabe?! Talvez toda educação comece pelo amor.

Na manhã seguinte, a mãe não quis deixar Tima ir ao jardim de infância; ela queria ficar mais um dia com ele. Mas Tima largou a mão da mãe e disse, como no dia anterior:

— Tíchka está lá.

Ele foi até a antessala e retirou o casaco do preguinho em que estava pendurado.

Então a mãe o levou para o jardim de infância. Ela ficou triste porque Tima não gritou nem uma vez, nem nesse dia nem no anterior, e não exigiu nada que ela não não pudesse lhe dar, porque no seu coração havia agora a preocupação com o sardento Tíchka. Significava que seu filho estava crescendo, se educando, e se afastando dela. Isso é difícil para uma mãe. No entanto, é necessário.

"Adeus, crianças, lembrem-se de nós. E nós viveremos sempre prontas para morrer por vocês ou para lhes ajudar." — pensou a mãe.

# A pequena isbá da vovó

O tio Sarai vivia na aldeia Magomiótovka desde a tenra idade, logo que nasceu. Ele raramente saía de sua aldeia, fosse a pé ou de telega; não sentia essa necessidade, pois era contente com a sua vida ali. Apelidaram-no de Sarai[1] devido ao seu tronco largo e curvado, que as suas pernas curtas e titubeantes sustentavam, como dois toquinhos. Sarai andava devagar, ou por causa da corpulência ou porque não tinha pressa para nada. A cabeça careca, esvaziada de cabelos, não era grande, mas gorda e inteligente; ela crescera apertada entre os seus ombros e, de longe, parecia uma chaminé de celeiro acocorada; Sarai nunca cobria a cabeça, nem com um gorro de lã nem com qualquer outro, dizendo que a sua cabeça não era suporte para lã.

Quando andava sozinho pela aldeia, tio Sarai sussurrava algumas palavras de si para si, porque refletia incessantemente e do pensamento nasciam as palavras. Se encontrasse uma pessoa, logo puxava conversa com ela: sobre o que acontecia naquele momento no mundo, o que estava por vir, como se devia e não devia viver, como seria o tempo no ano seguinte e por que tinham aparecido traças na aldeia. Para cada pergunta, o tio Sarai dava uma resposta completa, porque ele sabia tudo, e todas as pessoas, especialmente as crianças, o amavam por isso.

Mas Tíchka[2], um menino de uns dez anos, que nada sabia, amava o tio Sarai mais do que todos. Ele apenas sentia que vivia no mundo e que era bom estar aqui. O tio Sarai também amava o pequeno e sardento Tíchka, porque ele escutava cada palavra do velho tio com alegria crédula e as acolhia em seu coração.

Quando acaso não via Tíchka por alguns dias, o tio Sarai sentia a falta do menino e saía por conta própria à procura dele. Já Tíchka brincava com os amigos nos arredores da aldeia, corria

---

1. Sarai significa "palheiro" em russo; uma construção pequena com telhado de duas águas, em geral bem inclinadas. (N. da T.)

2. Hipocorístico de Tíkhon. (N. da T.)

pelo capinzal agreste sobre a terra não cultivada e lá gritava, tanto por travessura como de alegria de criança. Tíchka, no entanto, não sabia o que era, de acordo com a ciência, terra, animal, inseto ou céu; mas tio Sarai sabia disso com precisão. Por isso Sarai se entristecia, porque Tíchka ainda não sabia nada, embora vivesse, fizesse barulho e brincasse.

— Tíchka! — gritou o tio Sarai sobre a grama alta no meio do verão. — Corra até mim, direi a você a minha instrução!

Tíchka foi correndo até o tio Sarai, sentou-se perto dele na grama e se pôs pensativo.

Tíchka achava interessante pensar em algo; mas então não sabia no que pensar e seguia com os olhos uma borboleta que voava sobre a grama e as flores, triunfando de asas leves pelo ar. A borboleta se refletia nos olhos claros de Tíchka, e por isso ele a sentia, sabia que ela vivia como ele, e não pensava em mais nada.

Sarai, sentando-se ao lado de Tíchka, acariciou a sua cabeça e disse:

— Ah, Tíchka, Tíchka!... Eu não vivo na estrela certa...

— E onde queria viver, tio Sarai? — perguntou Tíchka.

— Não era para ser aqui, mas em algum planeta distante — disse tristemente Sarai. — Aqui já conheço tudo, e deduzi muitas coisas com minha razão cerebral...

Tíchka olhava para o grande Sarai com tímida docilidade.

— Nós temos razão cerebral? — perguntava Tíchka. — Eu comi tutano de vaca — meu pai me dava para que eu ficasse mais inteligente.

— É uma mentira da ignorância — rouquejava Sarai, com a voz inflamada. — Não acredite em nada, Tíchka, não escute ninguém, pense como digo a você...

— E porque eu penso, tio Sarai? — perguntava Tíchka.

— É só uma impressão sua — explicou Sarai. — É uma substância que azeda dentro de você, na sua cabeça, e se torna várias imaginações sobre o que não existe.

— Eu pensava que eu realmente penso — disse Tíchka com tristeza. — E intencionalmente!

— Tudo é intencional — afirmou Sarai. — Não há nada assim de especial.

— E por que eu enxergo? — continuou Tíchka, já tocado pela dúvida até lhe doer o coração.

Sarai, como um homem sabido, deu um risinho com o rosto contente.

— Mas o que você está vendo?

— Eu vejo o céu inteiro e a relva azul, ela é baixinha — disse Tíchka lentamente, observando com atenção o mundo radiante do verão. — Lá eu vejo a pequena isbá da vovó Fiókla, dela sai uma fumaça pela chaminé, a vovó está assando batatas, ou talvez um ganso!

— E, depois, o que você vê? — perguntou Sarai.

— Vejo onde crescem as flores amarelas — o menino olhou o campo silencioso à sua frente — e o sol as iluminando com todo o espírito.

— Você não está vendo nada — Sarai refutou a opinião de Tíchka. — É só impressão sua, são apenas os seus olhos brincando.

— Mas o que há então lá? — Tíchka mostrava com a mão o mundo ao redor.

— Lá? — perguntou Sarai, indiferente. — Lá não há nada, apenas uma escuridão, e com os olhos você só vê a mentira... Nos seus olhos há somente uma luz colorida, do lado de fora, o mundo é todo escuro.

— Escuro? — perguntou Tíchka, logo imaginando a escuridão e quase enxergando-a em vez de ver a luz radiante do sol.

— Escuro, além de pálido como um defunto — disse o tio Sarai. — Pois tudo isso está morto.

— Mas do que é que uma coisa vive? — Tíchka não entendia. — Os besouros são vivos, as vacas fazem barulho com a boca e piscam com olhos bondosos, eu também vivo com eles...

— Eles vivem por necessidade e de tédio — respondeu o sabedor Sarai. — No mundo, tudo acontece de maneira simples: perece e se aflige, e todos pensam que é algo importante — veja só! Mas é apenas a imaginação!

— Mas as borboletas voam! — falou Tíchka baixinho.

— Que voem — disse Sarai. — O que há de bom nisso? A borboleta era um verme e vai se tornar pó. Eu sei tudo, Tíchka.

Tíchka se cansou de ficar sentado e foi para casa, Sarai permaneceu no lugar e não ousou chamar o menino de volta para a conversa com suas instruções.

De repente, sentiu vergonha de saber tudo enquanto Tíchka não sabia nada. "É preciso ensiná-lo ainda mais", decidiu Sarai.

***

Tíchka estava pensativo no seu quintal. Com tristeza, observava a cerca, a bardana e outros objetos e criaturas que lá viviam; agora ele sabia que tudo isso não era do jeito que parecia, e que o céu azul que pairava sobre ele era na realidade preto ou cinza, como um terreno baldio sem pátria.

Tíchka apanhou um besouro azul-escuro que vivia na sombra sob a relva, colocou-o na palma da mão, acariciou-o e começou a falar com ele.

— Quem é você? — perguntou Tíchka. O besouro não dizia nada. — É verdade que você está penando e perecendo? — O besouro andou pela palma da mão, movimentando-se para frente por necessidade ou de tédio; Tíchka ficou ofendido de o besouro não ter se interessado por ele, por viver por conta própria, à parte e em segredo, sem precisar dele nem de mais ninguém, e sentiu-se mal porque o besouro não o amava.

— Voe, morra! — disse Tíchka para o besouro, abandonando-o. Você não tem por que viver...

À noite, estava tio Sarai no extremo da aldeia talhando a carne de uma ovelha velha, que haviam matado para comer. Ele entendia do que vivem e por que depois morrem os vários animais e plantas, por isso sabia bem tirar as suas peles e escolher entranhas macias.

Os meninos rodearam Sarai e ficaram observando o que ele fazia. Tíchka também estava ao lado e olhava para o interior do corpo cortado da ovelha, para a escuridão estreita das tripas e dos ossos.

— Aqui, meninos — disse Sarai, sentado de cócoras e remexendo com as mãos perto do coração da ovelha —, era por isso que esta ovelha vivia conosco! — Sarai retirou o coração, depois as tripas, e mostrou-as para todos.

Tíchka sentiu pena de Sarai ter despedaçado a ovelha e de que ela nunca mais existiria. Ficou olhando para o seu rosto morto, para que pudesse lembrar-se dele quando todo mundo já tivesse se esquecido daquela ovelha.

— Acontece que ela vivia — explicou Sarai às crianças — porque a grama se cozinhava dentro dela, dando-lhe um espírito quente. Esse espírito não tinha por onde sair, em volta era tudo pele, no interior da ovelha se criava uma aflição e ela vivia.

— Ela pensava? — perguntou Tíchka.

O tio Sarai partiu com o facão o crânio da ovelha, retirou o cérebro dali e o exibiu na palma da mão para as crianças.

— Viram? — perguntou Sarai. — Tripas ou cérebro, é tudo a mesma coisa... Era com isso que ela pensava! O estrume se cozinhava nas tripas, e no cérebro o mundo inteiro e todas as aparências se transformavam num engano da imaginação, para que as ovelhas não ficassem entediadas de mastigar grama e cozinhar estrume até a morte...

Caladas, as crianças estavam sentadas e ouviam Sarai. Elas agora tinham medo de viver, muitas vezes também mastigavam grama, cebola e cerefólio.

Tíchka olhou para o céu, que estava coalhado de estrelas, e perguntou:

— Tio Sarai, e por que as estrelas?

— As estrelas existem porque antes o céu era vazio — disse ponderadamente Sarai —, então cobriu-se de estrelas, tal como um barranco se cobre de ervas daninhas. Se lá não houvesse estrelas, haveria alguma outra coisa, talvez ruim; então é melhor que sejam as estrelas.

— Sim — disseram os meninos, mas ficaram pensativos. O tio Sarai acabou de cortar a ovelha em pedaços de carne, limpou as mãos com a grama e, com olhos sábios e tranquilos, olhou para a grande noite que surgia no céu.

— Tio Sarai, o que haverá na nossa aldeia daqui a mil anos? — perguntou Tíchka.

— Daqui a mil anos? — repetiu Sarai. — Mas o que haverá aqui?! Nessa época vai cair granizo com neve na nossa região no mês de julho, e a tia Agáfia Semiônovna viverá então por aqui, cheia de si e saciada, mas no geral viverá bem; a galinha dela morrerá: ela vai meter o bico na terra e morrer, não se sabe do quê, mas morrerá, não haverá mais pássaros.

— E onde essa galinha que morrerá vive agora? — perguntou Tíchka.

— Ela ainda não nasceu — disse o tio Sarai. — Por enquanto está morta.

— Os mortos também vivem?

— Mas, claro!

— E onde estão eles?

— Eles dormem escondidos nos vivos, depois, quando estiverem fartos de estar mortos, sairão deles. Está vendo, como são as coisas da vida?

Todos os meninos olharam para o tio Sarai com medo e respeito.

— Tio Sarai, você pelo visto sabe tudo! — disse Tíchka.

— De cabo a rabo! — concordou Sarai, e mastigou de boca vazia. Tíchka tocou a relva baixa e silenciosa com a mão, e disse sem querer:

— Mas talvez você também seja um bobo, tio Sarai!

— Eu? É pouco provável, Tíkhon! — disse Sarai. — E se sou um bobo, eu próprio sei que sou e por que sou, e isso significa que sou inteligente. Não tenho onde me esconder da minha razão: é uma visão de mundo!

Tíchka olhava para a cabeça partida da ovelha, atirada para trás, caída de costas sobre a terra, e para seus olhos mortos e abertos. Parecia-lhe que a ovelha lhe pedia ajuda ou que se lembrasse dela, uma vez que agora tinha morrido. Mesmo que ela tivesse vivido sem juízo e sem felicidade, somente por necessidade e de tédio, apenas para mastigar a grama e cozinhar no ventre as nozes de esterco, ela não queria estar daquele jeito, era o que Tíchka via na cara atribulada, morta e amável da ovelha. Ela era melhor do que a consideravam.

— Todo animal, Tíchka — dizia Sarai em voz alta, observando a terra silenciosa e escura —, todo animal é uma máquina. Como o relógio de parede, o samovar e, talvez, o trator. E você, Tíchka, você também é como se fosse um despertador ou um pote com mingau, um alimento de fora cozinha e se vaporiza dentro de você, e você imagina e pensa que vive e que está bem. Você quase não existe no mundo, Tíchka. São forças alheias que agem em você, como na pele vazia. Você é como um ventinho sobre a relva, que passou e sumiu, e todos o esqueceram. Quem é você?

— E você é quem? — perguntou Tíkhon.

— Eu também não sou ninguém, também sou uma ninharia qualquer — disse Sarai. — Vão todos para casa, vou começar a compreender o céu pelo meu pensamento: o que essas estrelas pequenas significam, e aquela, a maior, lá longe, estão vendo?...

Sarai virou o rosto para cima, abriu a boca, soluçou da comida de antes e pôs-se pensativo; já Tíchka e as outras crianças foram para as suas casas.

***

A vida se tornou entediante para Tíchka, como se o seu coração tivesse morrido. Cansou-se dos seus pais, ficava zangado de eles não entenderem nada e ia para um galpão escuro, onde ficava sentado no silêncio e na solidão, como se fosse um velho.

— Tíchka, você podia ao menos passear com Niússia! — chamava-o a mãe.

Mas Tíchka se recusava a levar a irmã pequena para passear. "Quem é esta Niússia? Uma pele vazia qualquer..."

— Tíchka! O que estou falando com você?! Saia agora do palheiro, seu diabinho! — ordenava a mãe.

— Você não entende nada? — respondia Tíchka da escuridão. — Há uma substância afligindo-se dentro de você, por isso está gritando! E na Niússia a necessidade apodrece, ela está com diarreia...

— Mas quem ensinou você a se expressar tão mal? — espantou-se a mãe.

— É uma visão de mundo! — anunciou Tíchka do palheiro.

— O quê? — perguntava a mãe, sem entender por que o filho era tão extravagante e triste.

— Nada — respondia Tíchka, severo. — Está na hora de morrer.

No fim de tarde, Tíchka ia à casa do tio Sarai, sentava-se com ele no banco de terra junto à sua isbá ou na grama e escutava as palavras de Sarai sobre o fato de que o homem, a formiga e o peixe são a mesma coisa, mas em breve chegaria o fim do mundo, porque o peixe ficou pequeno, a formiga está com preguiça e o homem se tornou vil no mundo inteiro.

À noite, o triste Tíchka voltava para dormir em casa. A mãe, soerguendo-se da cama, brigava com o filho, pois ele, tresnoitado, estivera perambulando por muito tempo. O pai não dizia nada, mas também reclamava da desordem em casa.

— Melhor seria não terem me dado à luz — respondia-lhes Tíchka. — Quem pediu a vocês? Eu não pedi nada, eu nem estava aqui.

— Eu tenho um cinto de marinheiro — disse o pai baixinho —, faz tempo que o tio Fiódor me deu. Tenho que prová-lo em você.

— Tudo bem — concordou Tíchka, ajeitando-se no seu lugar. — Durmam tranquilamente, as formigas já dormem faz tempo.

De manhã, ao acordar, Tíchka viu a luz atrás da janela, mas ela lhe pareceu opaca e sem interesse como a bruma ao fundo. Ele não quis se levantar da cama e durante muito tempo fez que estava dormindo, enquanto a mãe não travava uma batalha para o acordar.

— Para que me acordou? — disse com raiva Tíchka à mãe. — Quem pediu a você, criatura ignorante?!

— Vá, traga um pequeno balde de água — pediu a mãe.

— E quando é que vou praticar a reflexão? — zangou-se Tíchka. — Não vou a parte alguma, para que comer e beber?

— Mas você próprio come! — disse a mãe, e pegou o pequeno balde.

Tíchka se lembrou de que o tio Sarai pelo visto também comia, porque tinha o rosto satisfeito e contente, e até arrotava de saciação, apesar de pensar sobre tudo com tristeza. Tíchka se levantou da cama, cortou uma grande porção de pão e a comeu, bebendo meio pote de leite, depois deitou-se de novo.

Quando a mãe voltou com a água, Tíchka se fingiu de morto: colocou o rosto para fora, cerrou os lábios e tentou não respirar.

Ficou nessa posição por muito tempo, enquanto a mãe cuidava dos afazeres domésticos na isbá e trabalhava como se não tivesse nem um pouco de pena de Tíchka.

Por fim, ela veio até o filho, ficou um instante em silêncio e disse com voz penosa:

— Será mesmo que nosso Tíkhon é agora um defunto?! Que tragédia na família: agora, por necessidade, terei que dar à luz outro, talvez este nasça melhor. A quem se deve perguntar se podemos ou não dar à luz crianças novamente?

Mas Tíchka já não escutava a mãe, ele estava no segundo sono da manhã e sorria dormindo, porque o seu coração arrefecera e ele se tornara bondoso de novo.

À noite, Tíchka andava sozinho pelas ruas vazias da aldeia e chorava. Fazia tempo que saíra de casa, ainda antes do almoço, e passara o dia todo nos campos, se imaginando ora como um despertador, ora um trator ou uma roda de ferro, para conhecer a si próprio, quem ele era de verdade, e viver tranquilo. Mas Tíchka logo ficou cansado de pensar monotonamente sobre si próprio como um despertador ou uma roda; no seu coração ficava sempre um resquício vivo de inquietude, algo que não podia e não queria ser outra coisa que não ele mesmo — não se sabia o quê —, e isso o torturava. Ele então parou de se transformar, através da imaginação, em máquinas e objetos diferentes, e disse para si mesmo que era Tíchka, mas isso também não lhe trouxe alegria.

Extenuado, ele ficou até tarde da noite na rua e chorou sem saber no que pensar depois, pois já havia pensado em tudo. Embora fosse uma noite sem lua, Tíchka percebia o que estava à sua frente — as pequenas bolas de terra, as espigas caídas da carroça, as hastes das ervas que cresciam e a cobertura bem feita dos telhados de palha —, era como se toda a terra estivesse bem iluminada pela luz das estrelas distantes e calmas ou como se Tíchka estivesse vendo um sonho frio. Os ramos do salgueiro que estava no caminho remexiam-se no silêncio sem vento; o menino se espantou com a árvore que se agitava sem vento, parou e limpou os olhos.

Uma chama ardia na janela atrás do salgueiro, Tíchka reconheceu o lugar e recobrou os sentidos. Lá, na sua isbá, vive uma certa vovó que se chama Fiókla, há tempos ela tinha sido professora e agora vivia aposentada, devido à velhice.

Tíchka bateu na janelinha, na janela apareceu o rosto da vovó Fiókla, os cabelos dela já eram brancos, os lábios finos, murmurantes, mas os pequenos olhos escuros brilhavam como se fossem os de uma menina e, devido à luz nos olhos cansados, todo o rosto da vovó era sempre atento e bondoso.

Tíchka entrou na isbá e sentou-se no banco, sem saber a que viera. Mas a vovó Fiókla Semiônovna vivia no mundo há muito tempo, e não era necessário dizer-lhe nada, ela adivinhava sozinha o que havia no coração de uma pessoa. Ela conhecia as pessoas de viver entre elas e raramente errava sobre a razão de suas tristezas, necessidades e alegrias.

— Não fique triste — disse ela para o menino.

— Vovó, você sabe tudo no mundo? — perguntou-lhe Tíchka.

— O que eu sei? Já me esqueci de tudo — disse a vovó e apagou o fogo, para que não queimasse sem necessidade.

— Não está na hora de você morrer? — perguntou o visitante.

— O que você está dizendo? Ainda não chegou a hora, não vivi o suficiente no mundo — disse a vovó Fiókla. — Você quer que eu lhe sirva batatas assadas?

Tíchka ficou em silêncio. Ele passou os olhos pela isbá que estava limpa, com uma lâmpada acesa, cheirava a erva seca e um grilo cantava sob a antessala, e no banco de terra ao redor — um silêncio cálido.

A vovó colocou uma tigela de barro com batata assada sobre a mesa e o mandou comer.

— Coma — disse ela. — Não pode desprezar: o sol iluminou a batata, o calor a aqueceu, a chuva regou-a, a terra alimentou-a e o trovão ressoou...

A vovó sentou-se à mesa em frente a Tíchka e não tirou os olhos claros e sorridentes dele, certamente se deleitava com ele. Tíchka timidamente começou a comer a batata.

— Não tenha medo, coma mais — oferecia a vovó.

— Eu não tenho medo, por que teria? — disse Tíchka. — Ainda assim, todo o mundo é vil...

Fiókla Semiônovna ficou pensativa, por um instante os seus olhos perderam o brilho, como se ela olhasse para a escuridão.

— Pensa que nunca comi batata, uma preciosidade dessas — balbuciava Tíchka. — Eu conheço tudo no mundo: sei quem é você, quem é o grilo, quem é a batata.

— Eu não sei — respondeu a vovó. — Esqueci.

Um passarinho desconhecido, perdido, bateu-se contra a janela da isbá; ele pronunciou algo assustado e calou-se, voando para a noite com as asas enfraquecidas. Fiókla Semiônovna encostou-se no vidro da janela, mas enxergou apenas o salgueiro e as estrelas, que brilhavam no céu entre as folhas e os ramos e, mais adiante, o espaço escuro dos campos, conhecidos desde a infância, mas que ainda atraíam para si, como se lá estivesse esquecido ou não descoberto a coisa mais querida.

— Vovó Fiókla, vovó! — chamou Tíchka. — Por que você vive e continua vivendo? Por necessidade e de tédio? — Ele já tinha parado de comer a batata porque não fora atraído pela comida.

A vovó lançou um olhar para Tíchka.

— Por quê, por quê?... Por muita coisa! — disse ela. — Para ver você e outras pessoas no mundo, para lembrar dos mortos e sentir todos. Eu não vivo pelo meu coração...

— Pelo de quem? — perguntou Tíchka.

— Não se vive pelo próprio coração, seria entediante — disse Fiókla Semiônovna. — Eu já tentei: vivo há muito tempo, tive tempo de ver tudo.

— Mas o que você viu? — perguntou Tíchka. — Talvez seja um jogo enganoso dos seus olhos, o mundo inteiro é preto, não há nada de especial.

A vovó veio até Tíchka e acariciou o seu cabelo com a palma macia da mão. "A mão dela é como trigo", pensou Tíchka.

— O que há com você? — perguntou Fiókla Semiônovna. — Se fosse somente um jogo dos nossos olhos, você não choraria lágrimas...

Nesse momento, Tíchka entristeceu-se de novo.

— É verdade que o mundo é todo preto? — perguntou ele docilmente. — Se for assim, tenho medo dele.

— Não sei — respondeu a vovó asperamente. — Ilumine-o você mesmo, já que ele é preto: quem tem que iluminar o mundo inteiro para você?! Ora, que todos vão para o inferno — acabam de nascer e já estão com raiva, o mundo inteiro ficou preto para eles... Ou você acha que não vejo você do jeito que é, ou acha que tenho água escura nos olhos?

E, de repente, Fiókla Semiônovna deixou de ficar brava, sentou-se ao lado de Tíchka e inclinou-se em sua direção.

— O que dói em você? — perguntou ela.

— As entranhas — disse Tíchka. — Não sei como viver agora, não me sinto atraído pela comida, tudo é entediante, uma visão de mundo está doendo.

E Tíchka pousou a cabeça sobre a mesa numa aflição triste e infantil da alma que ficou desamparada, porque o mundo inteiro parecia vazio para ela.

A vovó abraçou Tíchka e começou a consolá-lo baixinho:

— Esqueça tudo, Tíchka... Quem sabe tudo isso? Quem torturou o seu coração com pensamentos ruins? O homem mais vil é aquele que sabe tudo! Por isso você sofre, porque vive e pensa errado, você acreditou na mentira.

— Mas como tem que ser? — recobrou-se Tíchka.

— Como tem que ser? — pensou Fiókla Semiônovna. — Cada um precisa de algo diferente, mas há algo que é necessário a todos... Por que está entediado? Veja, sem você todos estão entediados: o salgueiro está sozinho lá fora, a mãe não está dormindo, está esperando você, o pássaro voava rumo à nossa luz, mas a janela estava fechada e ele foi embora. Você mesmo fechou o seu coração para todos, e ele ficou faminto e magro, como se fosse o de um defunto. Mas ainda é pequeno, deixe entrar todos os que vierem até você, compreenda-nos, assim você próprio aprenderá um pouco como deve viver.

— Você sabe um pouco de alguma coisa? — perguntou Tíchka.

— Pouca coisa — disse a vovó. — Eu vivi, sofri e agora sou feliz: as outras almas vivem dentro de mim, se fosse só a minha, já estaria seca e morta. E agora vi você, e tomei a sua mágoa para mim.

— O que você tomou? — duvidou Tíchka. — Eu não percebi.

— Perceberá depois — disse a vovó —, e, quando perceber, nem vai reparar. Coma a batata! Coloque mais na barriga e pense menos na cabeça. Não tenha pressa, senão uma alma supérflua surgirá de tanto pensar.

— Está bem — concordou Tíchka, à maneira dos mujiques. — Me leve para casa, estou com sono e tenho medo do escuro.

A vovó diminuiu a chama da lâmpada, pegou o menino pela mão e levou-o para casa.

A noite fresca iluminava a terra com as estrelas. Fiókla Semiônovna olhou para o céu; ela sabia que atrás das estrelas visíveis existiam estrelas invisíveis, e elas também iluminavam a terra, mas com aquela luz que ninguém vê; se os olhos das pessoas pudessem enxergar toda a luz do mundo, de noite a terra estaria iluminada com resplendor, e o dia ensolarado pareceria o

crepúsculo. Quanto mais alto no céu, mais luz há — mas a vovó não disse nada disso para Tíchka, que ele vivesse e descobrisse sozinho.

A velha e o menino caminhavam pela rua vazia da aldeia. Depois a vovó parou, pôs-se a escutar o ar noturno e disse:

— Quem está preparando jantar tão tarde? Será que o secretário Garaska chegou da cidade?

Mas na noite da aldeia soou a voz de um homem, outra voz murmurou-lhe uma resposta e a vovó entendeu tudo.

— Fogo! — disse ela para Tíchka.

— Deixe, apagará sozinho — disse Tíchka.

Para ele não fazia diferença, ele queria dormir.

A vovó pegou Tíchka em seus braços fortes e brancos e foi correndo com ele em direção ao cheiro da fumaça.

Ao lado da isbá do tio Sarai, ardia lentamente o curral coberto de palha do *kolkhoz*. Lá estava o tio Sarai; andava pelo pasto na frente do curral e dava instruções para um velho, o guarda noturno. Este, apoiando-se num bastão, fumava um cachimbo, de onde saíam as faíscas e voavam em fogo vivo até a terra.

— Corra rápido até a administração, chame todo o povo! — agitava-se Sarai. — Você está vendo o que está acontecendo, daqui a pouco o fogo chegará aqui fora e queimará toda a aldeia, e eu serei o primeiro a ser queimado!

— Se apagará sozinho, não terão tempo de apagá-lo, todos estão cansados e dormem, até que se levantem, se calcem — o velho disse baixinho e a contragosto, quase silenciosamente. — Ainda está longe da sua isbá.

— O que estou lhe dizendo?! Sou membro da comissão de controle! — Sarai dava ordens com a cabeça descoberta. — Você tirou todas as cabeças de gado do local ou não?

— Sim, todas — disse o velho a muito custo. — Ficaram poucas.

— Foi você que pôs fogo com o seu cachimbo! — gritava Sarai, correndo com os pés pequenos pela clareira. — Você vai nos responder cem vezes, eu decifrarei você, conheço tudo no mundo!

— Pegou fogo naturalmente — disse o guarda. — Talvez de um relâmpago. Uma coisa pega fogo, outra é construída. Isso pegou fogo devido à velhice.

Do palheiro que ardia lentamente, logo surgiu uma fumaça densa e grossa, iluminada pelas chamas debaixo das suas raízes.

O tio Sarai olhou largamente ao redor e, de repente, reparou em Tíchka e na velha Fiókla: a vovó colocou Tíchka no chão, e ele ficou de pé, com a mão encostada na dela.

— Tíchka! — exclamou Sarai. — Corra para a minha isbá, arraste para fora as coisas leves, coloque-as em fila do outro lado da rua, eu virei buscar as coisas pesadas. Preste atenção, não quebre nada. Pegue por enquanto os bancos, e não ouse tocar no relógio nem no espelho de cabeceira!

Tíchka olhava embevecido para o fogo e a fumaça, e desistiu de dormir.

— Tíchka! — repetiu Sarai. — Você ouviu o que eu disse? Corra até a minha isbá para salvar os bens!

— Para que você precisa do relógio e do banco, tio Sarai? — perguntou Tíchka. — Em todo caso, em breve será o fim do mundo; não tem jeito, você próprio falou. Que tudo se queime, talvez seja o fim que esteja começando.

No meio da correria, Sarai parou.

— Eu vou lhe mostrar o fim! — disse ele. — Então começarei tudo de novo!

Nesse momento, Sarai pensou em vovó Fiókla e lhe deu uma ordem:

— E você, por que fica parada, piscando? Está com medo de morrer? No local estavam as nossas ovelhas sociais do *kolkhoz*, para você tanto faz viver ou não viver, já comeu os dentes, gastou a razão, atire-se na fumaça, velha!

Fiókla Semiônovna compreendeu Sarai e entrou na fumaça. Ela parou ao lado da fumaça que saía do curral, cobriu o rosto com uma mão e entrou nas trevas do fogo.

— A velhinha vai morrer — disse o velho guarda. — Era toda tão branca, como se fosse de trigo.

— Não tem importância: está na hora dela! — disse Sarai. — Menos um comedor, uma jornada de trabalho a mais. Somente o curral vai queimar: a grama está úmida, o fogo não vai longe.

— De jeito nenhum — confirmou o velho. — A aldeia vai ficar, a aldeia é sagrada. Se a aldeia fosse pegar fogo, eu já teria feito alguma coisa!

O velho se calou, olhando atentamente para a escura fumaça da noite, provocada pelo fogo, que subia direto ao céu através da calmaria.

— Você mandou a mulher à toa — disse ele. — Não faz muito tempo que eu levei as ovelhas para a clareira, aqui só ficou uma, e mesmo esta estava mal. Você é um homem estúpido; como pode ocupar um cargo?!

Fiókla Semiônovna saiu da fumaça; com uma mão tapava o rosto, com a outra segurava a ovelha pelo garrote; a ovelha andava quieta e mole, ela já perdia as forças, mas a velha não quis deixá-la no fogo e foi andando devagarinho com ela. Talvez a ovelha também fosse velha. Tíchka foi ao encontro da vovó e perguntou:

— Você vai conseguir terminar de viver?

— Me sufoquei — disse roucamente Fiókla Semiônovna. — Não faz mal, vou beber bastante água, vá para casa dormir. Quando eu estiver com vontade de morrer, chamarei você — viva então no meu lugar, para que não esqueçam da minha alma.

A vovó tapou o rosto com as mãos, e a ovelha se afastou dela e deitou-se na grama fria.

— Vou ficar um pouco com você — pediu Tíchka.

— Vá dormir, seu notívago — mandou a vovó. — Não há mais nada para ver, o fogo está se apagando.

Tíchka foi para casa. No início, foi andando, depois foi correndo, como se tivesse se assustado com algo.

Em casa, todos dormiam, exceto a mãe; mas ela não o reprochou, somente disse:

— Beba o leite de um gole só na antessala e vá deitar.

Na manhã seguinte, Tíchka soube que a vovó tinha morrido de velhice e intoxicada pela fumaça. Ele foi até a sua isbá, sentou-se na grama em frente ao salgueiro e ficou por muito tempo olhando para a chaminé da isbá, para a palha apodrecida do telhado e para as paredes caiadas. O salgueiro mexia os ramos, tudo era como antes. Na isbá, jazia a vovó morta, que o mandara viver em seu lugar.

**1943**

# No Juízo de Deus

No Dia do Juízo de Deus apareceram dois homens: um já moribundo, por pouco ainda vivo, o outro, viçoso e alegre.

— O que você fez? — perguntou Deus ao primeiro.

— Por toda a vida me mortifiquei em Teu nome — este respondeu.

— Para quê?

— Para não morrer.

— E você? — perguntou Deus ao segundo.

— Toda a vida tive medo da morte e cuidei somente do corpo, a fonte da vida.

— Para quê?

— Para que a vida nele não se apagasse.

Então disse Deus a ambos:

— Vocês queriam o mesmo, a vida, e afastaram-se dela; um, rumo ao espírito sem vida, pois mortificou o corpo; o outro, rumo ao corpo morto, pois se esqueceu de tudo, menos do corpo. Ambos estão mortos. Mas, se tivessem compreendido que a carne e o espírito são uma só coisa, viveriam eternamente e se alegrariam com a Minha alegria. Não há muitos caminhos no mundo, apenas um, e são poucos os que andam por ele.

— O que devemos fazer agora? — perguntaram os pecadores.

— Compreender a si mesmos e viver novamente.

# A TEMPESTADE DE JULHO

Natacha, de nove anos, caminhou por muito tempo com seu irmão menor Antochka[1], do *kolkhoz* "A vida em comum" em direção à aldeia Paniútino; o caminho tinha somente quatro quilômetros, mas na infância o mundo é grande... Ora Natacha carregava o irmão no colo, quando ele dirigia a ela um olhar lastimoso de tanto cansaço, ora o colocava de volta no chão para que andasse com os próprios pezinhos, porque o irmão era bem nutrido, pesado, já tinha os seus quatro anos, e ela se cansava de carregá-lo.

Pela beira da estrada quente de julho, o centeio já estava alto, com o topo já curvado para a terra, como se as espigas, sentindo-se cansadas do sol daquele longo verão, já tivessem envelhecido. Natacha olhava com medo para o centeio: não surgiria alguém daquele matagal, onde certamente alguém vivia escondido? E pensava então onde esconderia o irmão, para que ao menos ele permanecesse vivo. Seria melhor colocar o lenço dela na cabeça dele, para que Antochka parecesse uma menina — é mais difícil atacarem as meninas —, ou escondê-lo em uma caverna de areia no barranco, mas não havia barranco em lugar nenhum por ali, o único que existia ficava ao lado da aldeia do *kolkhoz* onde moravam. Então a irmã amarrou o lenço na cabeça do irmão e ela própria foi com a cabeça descoberta, ela assim andaria mais tranquila.

O centeio farfalhava suavemente ao lado das crianças que caminhavam caladas pela estrada. O céu limpo, palidamente enevoado devido ao calor pleno do meio-dia, parecia triste e assustador a Natacha; ela se lembrou da noite estrelada sobre a isbá e o quintal, onde morava com os pais no *kolkhoz,* e decidiu que de noite era mais interessante e melhor; de noite, no *kolkhoz,* somente os grilos bondosos e dóceis cantam, os sapos coaxam no açude e o boi resfolega a pernoitar no curral; não há nada assustador, a mãe sai para o alpendre e a chama com vozes variadas, como se

—

1. Hipocorístico de Anton. (N. da T.)

lamentasse: "Natacha, vá jantar, está na hora de dormir, por que está contando estrelas, amanhã de novo será dia: ainda terá tempo para viver!"

Natacha segurou Antochka com mais força pela mão e correu com ele ao lado do centeio, para que não demorasse tanto a enxergar as isbás da aldeia de Paniútino, onde moravam os avós. Mas o irmão logo se cansou, caiu na poeira e chorou; Natacha não se lembrou de soltar a sua mão de uma vez e, sem querer, arrastou Antochka um pouco pelo chão. Pegando o irmão novamente no colo, consolando-o das lágrimas, Natacha subiu com ele em um outeiro. Ali o centeio estava baixo, porque a terra era seca, e de lá se via longe como sobre os campos de centeio andam ondas escuras de vento e como brilha o ar que corre sobre as faixas iluminadas do centeio que agora não estavam cobertas pela sombra do vento. Natacha olhou ao redor — mas quando será Paniútino? — e viu as asas do moinho, elevando-se acima do centeio distante e novamente nele sumindo. Naquela hora a menina não sentia tanto medo de estar debaixo do sol pleno, envolta no triste barulho dos pés de centeio e no silêncio do vento contínuo do meio-dia, cuja benevolência ela sentia nitidamente no rosto e em todo o corpo. Natacha suspirou aliviada, já estava visível o moinho onde moem o grão, provavelmente fora o vovô quem trouxera o saco: ele sabe que a neta e o neto chegarão e será preciso assar panquecas de farinha nova; a farinha velha já acabou e a massa dela cresce mal, as panquecas não ficariam tão macias e aeradas como da farinha da nova moedura.

Natacha cheirou o ar: cheirava a palha, leite, terra quente, a pai e mãe. Isso era conhecido e querido para ela, e a menina seguia adiante, carregando o irmão; ele agora abraçava a irmã pelo pescoço e cochilava com a cabeça encostada em seu ombro.

Eles foram longe pela estrada que atravessava o centeio. De repente, Natacha deu um grito e parou. Das profundezas dos pés de centeio saiu em direção às crianças um pobre velhinho de rosto nu, descoberto de todo, desconhecido; ele não era mais alto do que Natacha, calçava *lápti* e vestia calças antigas de linho, remendadas com pedaços de feltro de farda militar, carregava nas costas um cesto trançado com azedinha, que servia para levar *schi*[2] — essa erva ele colhera pelo caminho para se ocupar. Diante das crianças, o velho também parou. Ele olhou tristemente para Natacha, com olhos pálidos e bondosos que já se acostumaram com tudo no mundo, tirou o gorro, feito de lã caseira, saudou-os e seguiu caminho. "Ele não é assustador! — pensou Natacha sobre o velho. — Se tentar mexer com a gente, bato nele com todas as forças, e ele logo morrerá... Malnutrido, o pobre, não deve ser daqui!"

Aquele velhinho, recuando para o campo de centeio, olhou cautelosamente para as crianças que passavam por ele. Ele guardou na sua memória o rosto de Natacha — seus olhos cinzas, atenciosos, pensativos; sua boca de criança, ofegante, aberta como que em atenção; as bochechas gorduchas e o cabelo claro, queimado de sol e ressecado pelo vento do campo. "Será uma boa camponesa!" — decidiu o velho. Naquele momento ele tentava enxergar a criança que a menina carregava. "Ele se parece com ela — observou o passante. — Perdeu as forças e está dormindo. O que será dele?" Com isso, o velho foi embora olhando para o lixo pela terra e para a grama miúda na estrada. Quando via rostos de criança, ou queria logo morrer, para não ter saudades da vida jovem e feliz, ou tinha vontade de ficar vivendo no mundo eternamente. Mas viver para sempre — será que daria conta, teria forças? Não, já não tinha tanta vontade de viver como antes, a terra como que o deixara farto; às vezes, parecia-lhe que a verdadeira vontade de viver surgia apenas na velhice, nos anos de juventude não há esse entendimento e o ser humano vive sem memória...

O velho tinha pena sobretudo das crianças, ele sentia que delas vinha uma felicidade dolorosa que penetrava o seu coração, um

2. Sopa tradicional russa de repolho fresco ou azedo, outros vegetais e, às vezes, carne. (N. da T.)

sentimento até então pouco conhecido, não vivido, como se, esquecido pela falta de tempo, por si só há muito o esperasse.

O velho passante sentou-se à sombra, perto do centeio que crescia, para pensar. Depois de pensar, quis chorar, mas mudou de ideia: "Para quê? — sussurrou alto. — Viva, homem velho, se esforce! Vejam só, eu ainda tenho sorte! Não posso me queixar: o meu corpo está inteiro, está comigo, a casa está cheia de provisões, não bebo, não estou doente!..." E o velho homem deitou-se satisfeito ao lado do centeio, colocando sua cabeça no cesto com as ervas. Estava quente para caminhar, e não era mesmo preciso: ele levava um documento com cuidado para o *kolkhoz* "A vida em comum", naquele momento estava cansado e ainda tinha tempo pela frente: o dia de verão é longo, ainda conseguiria voltar para casa. Já cochilando, o velho ainda sentia uma doçura no coração, lembrando-se das crianças que encontrara, as quais timidamente passaram em silêncio por ele, como se o chamassem para uma vida imortal e longínqua junto a elas.

O vento abafado calou-se sobre o centeio — ficou silencioso, como antes de uma tempestade ou de uma grande seca; o velho também se calou, ele já dormia, consumido pelas moscas e formigas, que rastejavam pelo seu rosto acostumado a tudo.

O avô e a avó de Natacha viviam numa isbá de madeira nos confins da aldeia Paniútino. Da cerca de seu quintal começava o campo coletivo de centeio e para lá, nesse campo, ia a estrada que levava primeiro ao *kolkhoz*, onde morava a filha dos velhos, a mãe de Natacha, e depois para longe, para outros campos grandes cobertos pelo centeio e por florestas folíferas, irrigados pelos rios claros que corriam para o mar quente... A avó de Natacha, Uliana Petróvna, desde o início da manhã olhava de tempos em tempos pelo portão, para ver se o neto e a neta estavam chegando. Há três dias ela pedira à mulher-carteira para que passasse sem falta na casa de sua filha, no *kolkhoz*, para que esta deixasse os netos ficarem um pouco em Paniútino. "A carteira provavelmente esqueceu de passar na casa da minha filha — pensou Uliana Petróvna, olhando atenta para a estrada vazia e quente atravessando o centeio. — E ela recebe uma jornada e meia de trabalho[3] por dia: pois é, anda cheia de regalias! Só faz andar e juntar poeira na barra do vestido; não é nada difícil... Será que presto uma queixa contra ela no Soviete?... Que vá para o diabo, que ande afobada por aí, aquela tonta!" — Com isso, a vovó fechou a cancela.

De manhã muito cedo, ainda de madrugada, ela colocou palha no forno, a massa branca descansava desde a noite anterior, tendo a vovó já se obrigado a mudá-la duas vezes de vasilha, do pote para a caneca de barro — durante a noite, a massa havia entornado o excesso pelas bordas. Estava tudo pronto para começar a assar as panquecas, mas os convidados ainda não haviam chegado, e seu velho, que desde a manhã havia saído para o lago para pescar, tinha sumido. Certamente está sentado de novo na ferraria, jogando conversa fora com o ferreiro. E o que andavam conversando: um mentia, o outro fazia coro, porque seu velho acreditava em tudo, para ele era importante viver de maneira interessante e surpreendente, sem saber, na verdade, como viviam os outros. Ele somente esperava, somente aguardava que acontecesse algo no mundo: ou o sol se apagaria de repente, ou uma estrela estranha se aproximaria da Terra e a iluminaria com uma luz dourada para a eterna contemplação de todos, ou em um campo abandonado e desfavorável cresceria sozinha uma erva doce e nutritiva, que seria de proveito para as pessoas, e não seria necessário semeá-la, somente ceifá-la.

Uliana Petróvna olhou para a massa e suspirou pesadamente: "Como passei a vida com esse mujique?... Ele nunca, nunca precisou de nada, apenas de sentar em algum lugar e conversar com as pessoas sobre uma vida melhor, pensar no que virá e no que não virá, e em casa, somente olha para os seus bens e pensa em quando

---

3. Unidade de medida usada até 1966 nas fazendas coletivas da União Soviética. (N. da T.)

chegará o tempo em que tudo será diferente, para que ele não se aborreça mais!... Mas ele é bondoso, desapegado e ainda me atura".

A vovó mexeu cuidadosamente a massa pura; já era hora de assar as panquecas, senão a massa estragaria e azedaria. Era importante que o pão permanecesse inteiro e gostoso — com o que mais ela poderia saudar o neto, a neta e o seu velho? O que seria mais necessário no mundo do que essa pobre iguaria? Isso ela não sabia... A vovó não tentou inventar algo diferente que fosse bom ou melhor, podia somente fazer a massa, assar pães ou panquecas para alimentar os parentes e sentar no banco quando todos estivessem saciados, entristecida no seu consolo. Ela não entendia como era possível viver bem de outra maneira, ela não precisava de mais nada. Se todos se reunissem logo numa isbá, se a sua filha e o marido estivessem com saúde e se os netos crescessem felizes, já estava bom, para que se atormentar mais?

Uliana Petróvna acendeu a palha no forno, mas ouviu que no quintal cocoricava um galo que não era dela e que sempre vinha dos vizinhos para bater no seu e servir-se das suas galinhas. Uliana Petróvna tinha ciúme dos seus bens — ela pegou uma vassoura e saiu para enxotar a fera. Depois de mandar o galo embora, examinou a rua e a estrada que levava para o campo de centeio, talvez aparecesse alguém. Mas não havia ninguém, apenas o calor flutuava em ondas pelo chão, as velhas e conhecidas isbás estavam espalhadas pela aldeia, as galinhas empoeiradas dos vizinhos ciscavam no caminho da estrada, e, de repente, a vovó se sentiu entediada e horrorizada, como se não olhasse para a claridade, mas para as profundezas das trevas. Uliana Petróvna então fechou a cancela e foi assar as panquecas. A primeira panqueca logo ficou boa e não sem razão: quantas panquecas a vovó já assara na vida? Elas mesmas coravam-se nas suas mãos e pediam para sair do fogo, mas agora não havia ninguém para comê-las. A própria Uliana Petróvna sempre se servia por último; pegava para si os restos e as poucas sobras e deles assava o que dava, para não desperdiçar os bens — qualquer comida para ela era igualmente boa.

Alguém bateu levemente na janela pelo lado de fora. "Deve ser uma pedinte! — pensou a vovó. — Mas eles agora não têm vindo, caso seja, darei uma panqueca para a pessoa, afinal, as colheitas atualmente estão boas, não tenho do que reclamar." Ela então retirou a frigideira do fogo, para que a panqueca não queimasse, e foi até a janela. A neta Natacha estava olhando pela janela; às suas costas, abraçando com as mãozinhas o pescoço da irmã, estava Antochka; ele então dormia sobre o xale dela, pousando a cabeça grande no ombro de Natacha, de forma que a menina se curvava toda com o peso do irmão; com uma mão, ela segurava as mãos de Antochka que a abraçavam, para que eles não se separassem, com a outra agarrava-o pelas calças, para que os pés do menino não ficassem suspensos no ar e ele não escorregasse. Natacha apoiou os pés do irmão no banco de terra que ficava em volta da isbá, liberou a sua mão e bateu de leve mais uma vez na janela.

— Vovó — disse ela —, abra, viemos visitar você.

Uliana Petróvna notou que quanto mais Natacha crescia, melhor e mais contemplativo se tornava o seu rosto, parecido com o dela, quando a vovó era jovem. Tocada por essa bondade da vida, que a repetia na neta, para que todos, olhando para Natacha, se lembrassem de Uliana Petróvna após a sua morte, consolada e contente, a vovó disse:

— Coitadinhos! Entrem logo na isbá. Que outra razão tenho eu para viver além de vocês?

Na isbá, a vovó quis colocar Antochka na cama, mas ele se espreguiçou e abriu os olhos.

— Asse panquecas para nós, vovó, caminhamos muito... — disse ele.

— Já faz tempo que estão prontas — respondeu a vovó. — Sente-se no banco, assarei outras para você, essas já esfriaram.

— E nos dê massa fria — pediu Natacha —, molhamos as panquecas nela.

— É para já... Cuidarei do forno e vou até o porão — disse a vovó —, depois faço panquecas para vocês, esquento o chá, quando o vovô chegar, almoçamos. Ontem fiz *kvás* e preparei geleia de carne: do que mais precisamos?

— Ainda tem a geleia de morangos e cogumelos — disse Natacha.

— É verdade, querida, é verdade! — lembrou-se Uliana Petróvna, e foi para a saída pegar os víveres, contente de que tinha muitos bens e alguém para alimentar.

Na isbá cheirava a terra quente, a deliciosas panquecas assadas e a fumaça, e atrás da janela irradiava o sol sobre a relva desconhecida da aldeia alheia.

— Não fungue! — disse Natacha a Antochka. — Você veio visitar a vovó, por que está fungando? Deixe-me limpar o seu nariz...

Antochka calou-se, parou de fungar e apenas respirava devagar, sentado no banco ao lado da mesa vazia. Natacha espiou o cômodo claro da vovó. Lá estava limpo, monótono, duas moscas gordas debatiam-se contra o vidro da janela, em um cálido zumbido ensurdecedor, uma grande lâmpada de querosene pendia sobre a mesa arrumada com uma toalha bordada, como em dia de festa; longe, na aldeia, alguém batia em um barril, juntando o aro, e um calor melancólico irradiava na janela. Natacha foi até um canto revestido com jornais e quadrinhos para olhar e ler o que havia lá. Um quadrinho representava o vovô, ele foi retratado numa cartolina. O vovô era jovem, de bigode preto, de calças e colete, com uma corrente de relógio no peito, seus cabelos eram lisos, como se fossem lambidos, e ele parecia um rico ou um citadino, ou um tratorista no outono, seus olhos pensativos e inteligentes olhavam para longe... O vovô estava sentado em um banco nu e alto, feito de tijolos ou pedra, como um monumento; uma perna tocava o chão, a outra não, ele estava sentado a contragosto, como que por acaso, sem notar que ao seu lado havia um violão largado, envolto em um laço de fita. Atrás do vovô crescia um bosquete, no qual havia ainda uma casa branca, bonita e grande, como o Palácio dos Pioneiros, mas o vovô não olhava para ela. Ele levantava uma das mãos, na qual empunhava um revólver, encostava o revólver na cabeça e o segurava, pronto para se matar, a outra mão estava apoiada no joelho, onde encontrava-se um envelope com uma carta, mas os olhos do vovô, apesar de pensativos, olhavam para frente com alegria. O que era aquilo? Natacha ainda não conhecia essa tal vida dos adultos...

Ela sentou-se na cadeira ao lado da mesa e começou a examinar o desenho do bordado da toalha; em casa eles não tinham uma toalha daquelas, e nem precisavam: a mãe de Natacha todo dia lavava a mesa e a raspava com uma faca; mesmo assim, na casa deles era limpo e bom. Os galos começaram a cantar na aldeia, primeiro um, depois outro e então todos juntos, as galinhas chocas começaram a cacarejar, reunindo os pintinhos junto a si, o vento levantou-se na estrada e levou a poeira sufocante para lugares vazios.

— Natacha, as moscas estão me devorando, venha cá — Antochka, do outro quarto, chamou a irmã.

— Que devorem, já vou — respondeu Natacha.

Ela foi até a janela e encostou o rosto no vidro: queria ver na rua algo conhecido ou familiar, como no *kolkhoz* lhe eram conhecidas as cercas, a relva e as árvores. Mas debaixo da janela da vovó crescia apenas um pequeno arbusto; suas folhas eram cobertas pela poeira, ele mexia fracamente os ramos, estava extenuado pelo calor e pela seca e vivia como se dormisse ou estivesse moribundo, triste e indiferente a todos, como quem não precisa de ninguém. Se deixassem Natacha vivendo ali para sempre, ela morreria de tristeza.

— Me leve para casa, eu quero a mamãe — pediu Antochka.

Natacha foi até o irmão; ele estava sentado, triste e assustado.

— Quero ir para casa — disse ele. — Não preciso de panquecas, vou comer mingau, o que a mamãe preparou ontem...

Natacha pegou uma panqueca fria do forno e a guardou debaixo da blusa.

— Você terá fome no caminho, você sempre pede para comer fora de hora — disse Natacha para o irmão e o colocou nos braços.

A vovó ainda estava no porão; uma porta baixa, coberta de musgo, que levava à saída, com relva na parte de cima, estava aberta; lá, para se consolar, a velha dizia algo de si para si e mexia nos mantimentos, provavelmente tirando geleia de algum recipiente secreto. Natacha foi até a saída e olhou para onde a vovó se escondia. Estava escuro no porão, não se via nada, a vovó balbuciava suas palavras na escuridão — provavelmente que não queria morrer, embora já vivesse por muito tempo.

Para não fazer barulho com a cancela (ela rangia lastimosamente as dobradiças, como se lhe doesse abrir), Natacha, apertando o irmão contra si, foi pelo caminho até a plantação de batatas e de lá, margeando a sebe, para o campo de centeio.

O centeio crescia silencioso. No calor e no remanso, as espigas inclinavam-se de volta para o chão, como se dormissem sem memória, e a sombra da escuridão vinha sobre elas do céu e as encobria para o descanso. Natacha olhou em volta no campo desconhecido, querendo ver o que o sol encobria. Um relâmpago distante partiu furioso todo o mundo visível em dois, e de lá, do outro lado, para além da aldeia Paniútino, vinha um redemoinho empoeirado sob uma nuvem pesada e lenta; lá ressoava o trovão, no início abafado e não assustador, depois retumbou e, ressoando outra vez, chegou tão próximo de Natacha que ela sentiu uma dor no coração.

Natacha entrou no campo de centeio para se esconder com Antochka. Ela quis correr por lá até a estrada e, por ela, afastar-se da nuvem rumo à casa dos pais, mas depois mudou de ideia, porque tinha medo de esmagar a plantação, e foi pela beira do centeio. Antochka já tinha reparado em tudo o que acontecia ao longe — a nuvem, o turbilhão, o raio; ele se apertou contra a irmã e escondeu sua cabeça no pescoço dela, que era quente como o da mãe.

Natacha chegou à estrada e foi correndo por ela rumo à casa. As pernas de Antochka balançavam, ele as batia sem querer contra a irmã, mas tentava ficar quieto e se segurar com firmeza — agora não havia mais para onde ir.

Natacha se apressava com todas as forças, ela queria somente levar Antochka para casa, para que não fossem pegos pela tempestade e seus trovões em um campo aberto. Mas o centeio ainda era silencioso, o vento ainda não chegara até ali — e talvez tudo desse certo, talvez a nuvem assustadora se dissipasse em algum lugar distante e um céu claro e fresco se abrisse depois dela. Natacha parou, escutou como tudo ao seu redor era tranquilo e sonolento, como tilintavam secamente os grilos, calando-se aos poucos, pois a sombra e o silêncio cobriam cada vez mais a terra, e os grilos pensavam que a noite estava chegando, e então avançou pouco a pouco. Antochka permanecia em silêncio; ele tinha medo do que poderia acontecer com ele agora, mas estava interessado na nuvem e no relâmpago, queria que acontecesse algo assustador, e ele assistiria, se apenas não morresse. Por cima do ombro da irmã, Antochka olhava para trás, para a aldeia, ele ainda enxergava a isbá da vovó e ainda era possível voltar para lá; semicerrou os olhos, assustado: o centeio ao longe, começando do quintal da vovó, de repente se curvou e caiu — a tempestade o alcançara.

— Natacha, esconda-me rápido em algum lugar — pediu Antochka com raiva —, ou você não vê o que está acontecendo, sua louca?!

— Me deixe chegar em casa que vou dar umas palmadas em você — prometeu Natacha ao irmão.

— Não vamos chegar em casa, o trovão vai nos matar — sussurrou Antochka. — Me leve mais rápido, você está andando devagar de novo! Corra!

O redemoinho alcançou as crianças e as atingiu com areia, terra, folhas, hastes de ervas e lixo da aldeia. Natacha se escondeu com o irmão no centeio e sentou-se lá no chão, mas o vento curvava o centeio tão baixo que às vezes Natacha via a casa da avó, a aldeia e tudo o que estava longe nos campos e no céu.

Junto com o redemoinho, com a sua poeira quente, veio o granizo e começou a bater nos pés de centeio, na terra e em Natacha e Antochka, em sua cabeça descoberta; Natacha se deitou sobre Antochka e escondeu a cabeça dele nos seus braços, apertando forte todo o irmão contra o seu corpo. O granizo batia em Natacha, na sua cabeça e nas costas, mas ela permanecia em silêncio, sabendo que Antochka estava bem e não tinha dor; ele até se mexia um pouco debaixo dela, olhando para a terra em torno das raízes do centeio e para a velha lavoura.

O granizo se transformou em uma chuva forte e fria. Antochka enfadou-se de ficar escondido debaixo da irmã, ele queria ver o que acontecia lá fora, queria se molhar na chuva, e disse para Natacha:

— Me deixe, quero ver.

— Fique deitado, senão o trovão vai matar você — respondeu Natacha.

— Não, ele passa ao lado — disse Antochka e saiu de baixo da irmã.

Natacha sentou-se e pegou o irmão no colo, cobrindo com as mãos a cabeça dele para protegê-la do vento e da chuva. Antochka se apoiou com os pés nos joelhos de Natacha e olhou ao redor para ver o que estava acontecendo, semicerrando pacientemente os olhos devido à tempestade, às espigas e às gotas de água que lhe batiam no rosto. Ele viu um céu preto, próximo e revolto, abaixo dele pendiam nuvens cinzentas que soltavam seus longos fios de chuva torrencial, soprados pela tempestade para o lado vazio como as tranças de uma velha miserável, e essas nuvens mudavam rapidamente de corpo, derretiam e paravam de existir diante dos olhos de Antochka. Ele decidiu esperar para ver o que mais aconteceria, mas a irmã lhe mandou se esconder ao seu lado, para que ela se curvasse e o protegesse. Antochka queria, de fato, semicerrar os olhos e afundar a cabeça na irmã maior, onde era quente e seco, mas ele estava entediado ali, de cabeça de fora ele via tudo e, sem dar ouvidos à irmã, começou a ver o céu e a terra ainda melhor. Entretanto, as espigas do centeio o atrapalhavam de enxergar longe, por isso Antochka pediu que Natacha o levantasse nos braços, que ele ficaria olhando.

Natacha tirou o seu lenço da cabeça dele, escondeu-o no peito, secou a cabeça molhada de Antochka com a manga do vestido e deu-lhe um tapa na nuca.

— Vai se resfriar — disse ela. — Mas, você, que diabo! Precisa mesmo ficar olhando para o redemoinho?! Vou contar para a mamãe, ela vai lhe dar um tapa na cabeça.

Antochka quis responder que a mãe não lhe bate na cabeça e que o pai só lhe bate na testa, mas foi sufocado pelo sopro da tempestade, que fez com que todo o campo de centeio se dobrasse imediatamente e fosse possível ver ao longe o que acontecia ao redor. Antochka viu a aldeia de sua avó e os prados além dela, já do outro lado do rio, na luz azul da tempestade e do vento, e, sob o vento, a relva assustada e trêmula corria até ele.

A chuva parou repentinamente, mas o vento ainda soprava, tendo ganhado força nos lugares vazios dos campos. E, embora a terra devesse estar escura por causa da terrível nuvem, tudo era visível, apenas a luz era diferente: era azul-pálida e amarela, mas límpida e suave, como em um sonho; eram a relva, as flores e o centeio que brilhavam com a sua luz, e apenas eles agora iluminavam os campos e as isbás que haviam escurecido sob a nuvem, e a própria nuvem era iluminada de baixo para cima pela terra clara. Ao ver a grama, o centeio e as isbás inteiros e vivos, Antochka também parou de temer as nuvens e os relâmpagos.

O vento esmoreceu e fazia silêncio por toda parte, mas o centeio pesado não se ergueu mais. Antochka olhou para onde sua avó morava e a viu. Ela saiu para o alpendre alto da isbá, que levava ao quintal, e olhou em volta, em meio ao mau tempo. Ela estava inquieta por causa dos netos desaparecidos. "Será que eles já se entediaram na minha casa? — ela pensava. — Mas como se entediar, se acabaram de chegar? Ainda não é hora! Devem ter ido visitar outra aldeia e já devem estar de volta. Se ao menos a chuva não os tiver encharcado — veja só que escuridão!" Uliana Petróvna não estava preocupada com o seu velho. De qualquer forma, ele não viria agora, não até que a tempestade terminasse: ele estaria de olho nos relâmpagos.

"Vou chamar as galinhas, que fiquem um pouco no celeiro" — decidiu Uliana Petróvna, e logo se agachou por causa do trovão, que ressoou por perto ainda várias vezes, de modo que a frágil porta da isbá se abriu e fechou sozinha (se o dono cuidasse mais da sua casa, a porta não teria se escancarado com um simples barulho), e a vovó se sentou e não se levantou até que os estrondos mais distantes do trovão tivessem se acalmado.

Antochka viu um relâmpago sair da escuridão e picar a terra. A princípio, o relâmpago se atirou para muito além da aldeia, mas lá não havia nada de bom ou nenhum lugar para ele atingir, pois o relâmpago voltou para o alto do céu e, de lá, matou imediatamente uma árvore solitária que crescia no meio da rua da aldeia, ao lado da ferraria, que era de madeira escura. A árvore incendiou-se com uma luz azul, como se tivesse florescido, e depois se apagou e morreu, e o raio também morreu na árvore.

O trovão fez com que o centeio caído se agitasse, a vovó se abaixou no alpendre e parou de andar para lá e para cá, cuidando dos afazeres domésticos, e Antochka riu da vovó, que estava com medo.

Depois do relâmpago, caiu sobre a terra uma chuva forte e rápida, de modo que tudo ao redor ficou escuro, e a vovó não era mais visível por trás da escuridão barulhenta da chuva. Mas o relâmpago alto iluminou novamente o campo de centeio e a aldeia, e então Antochka viu uma fumaça preta e um fogo vermelho no meio da fumaça, que subia lentamente de debaixo do telhado da velha ferraria, mas o fogo não podia acender-se devido à chuva que caía sobre ele. Antochka entendeu que o próprio relâmpago, depois de matar a árvore, não morreu, mas passou pelas raízes dela até a ferraria e se transformou novamente em fogo.

Natacha abraçou o irmão, apertou-o como pôde contra si e saiu com ele do campo de centeio para a estrada; ela queria correr rapidamente de volta para a isbá da vovó, para esconder Antochka da chuva e dos raios, mas a chuva mudou, as gotas começaram a cair esparsamente, o calor do ar começou a flutuar de novo e, mais uma vez, tornou-se abafado e monótono perto da aldeia. Natacha parou na estrada e colocou seu irmão no chão.

O telhado da ferraria estava em chamas vivas, que ardiam secando as tábuas molhadas. As pessoas já corriam para o incêndio da aldeia, algumas com baldes de água e outras com machados, o portão do poço próximo rangia, enquanto alguns camponeses olhavam à distância de seus quintais e nada faziam — provavelmente pensavam que o fogo iria embora ou pararia sozinho —, eles não sabiam que a nuvem principal, a maior delas, rica em trovoadas e aguaceiros, só se aproximava da aldeia Paniútino: agora ela estava atrás do rio, escura até o negrume, espessa e silenciosa, e nela os raios reluziam, mas os trovões ainda não eram audíveis.

Antochka via: dali, do outro lado do rio, chegava uma noite longa e assustadora; era possível morrer nela sem ver os pais novamente, sem brincar com os meninos na rua perto do poço, sem ter contemplado tudo o que Antochka vira no quintal paterno. E o forno sobre o qual Antochka dormia com sua irmã no inverno ficaria vazio. Agora ele sentia pena da vaca mansa deles, que voltava para casa todas as noites com leite, dos grilos invisíveis, que chamavam alguém antes de dormir, das baratas que viviam em frestas escuras e quentes, das bardanas no quintal e da velha cerca que já estava no mundo quando Antochka ainda nem existia — seu pai havia lhe contado; e especialmente essa cerca deixava Antochka perplexo: ele não conseguia entender como algo poderia ter existido antes dele, quando ainda não estava no mundo — o que esses objetos faziam sem ele? Ele pensava que eles deviam ter sentido a sua falta e o esperavam. E agora ele vivia entre eles, para que todos ficassem felizes, e não queria morrer, para que não sentissem de novo a sua falta.

Antochka se agarrou à irmã e chorou de medo. Ele temia que a ferraria estivesse queimando, que as nuvens se aproximassem e que a tempestade relampejasse de novo à procura da terra para matar árvores e incendiar a sua velha isbá no *kolkhoz*. Aconchegando-se à irmã, Antochka sentiu que ela cheirava como tudo o que havia na isbá deles: o pão, a antessala, as colheres de pau e a barra do vestido de sua mãe.

Natacha olhou ao redor. Ela viu que a nuvem ainda estava longe e que conseguiria ir para casa com Antochka.

— Tome aqui, dê uma mordida — disse ela, pegando uma panqueca que tinha esfriado e dando-a ao irmão.

Antochka montou nas costas da irmã e, colocando um braço em volta do pescoço dela, começou a mastigar a panqueca e logo a comeu inteira, enquanto a irmã continuava correndo para casa, tentando não cair com o peso do irmão.

A escuridão e as nuvens, no entanto, logo alcançaram as crianças e caíram sobre elas. A chuva recomeçou e, após cada relâmpago furioso e cada trovão, ficava mais forte e mais rápida. Da escuridão do céu, jorrava agora uma sólida corrente de água, que batia no solo com tanta força que o destruía e o revirava, como se a chuva estivesse lavrando o campo.

Natacha ficou com dificuldade de respirar em meio ao aguaceiro; ela tirou Antochka das costas e o pôs em seus braços, para que a chuva caísse menos sobre ele, e seguiu adiante.

A espessura da torrente diante dela se tornava cada vez mais impenetrável; naquele momento estava difícil e doloroso até mesmo andar, como se as crianças estivessem cercadas por uma floresta sombria, firme e resistente, que descascava seus corpos até os ossos.

O barulho da chuva era abafado pelos trovões, somente se viam os relâmpagos. Às vezes os relâmpagos eram tão numerosos que misturavam sua luz em um longo brilho, brilho esse que apenas iluminava as colinas da grande escuridão no céu, o que tornava tudo ainda mais assustador.

Natacha estava completamente exausta; ela parou e colocou Antochka molhado no chão. Agora ela não sabia se estava mais perto de sua mãe e de seu pai ou de sua vovó, nem o quanto ela havia se distanciado da aldeia de sua avó e o quanto ainda faltava para voltar para casa.

Natacha sentou-se ao lado dos pés de centeio e apertou Antochka contra si com toda a sua força, para que pelo menos ele permanecesse vivo e aquecido ao seu lado, caso ela mesma morresse. Mas, de repente, pensou que Antochka morreria e somente ela sobreviveria — e então Natacha deu um grito de mulher adulta, para que a ouvissem e ajudassem; parecia-lhe que o pior e mais triste seria ser a última a viver no mundo. Pois, talvez, a casa deles no *kolkhoz* tivesse sido queimada por um raio, e o quintal tivesse sido levado pela chuva para um campo de areia vazio, e seus pais estivessem mortos. E, preparando-se para morrer mais rápido, Natacha deixou Antochka e se deitou de bruços no chão; ela queria morrer primeiro na tempestade e na chuva, antes que morresse o seu irmão Antochka.

Mas seu irmão menor, depois de ficar sentado por um tempo na chuva, disse a ela:

— Vamos cavar um buraco, vamos nos esconder lá e sobreviver. Olhe, aqui é areia... Não chore, terei medo sem você...

As crianças encharcadas, emagrecidas, começaram a cavar um buraco com as mãos perto do centeio, onde o solo era leve. Mas, ao cavar uma pequena cova, os irmãos viram que a chuva forte continuava cavando o próprio buraco e lavava o solo arenoso com sua força, levando-o por um córrego, de modo que não podiam se esconder ali.

Natacha e Antochka se esconderam sob a chuva no solo nu, encolhendo-se e cobrindo a cabeça com as mãos.

— Para que foi me levar para visitar a vovó?! — perguntou Antochka à irmã. — É melhor ficar em casa, eu gosto de ficar em casa... Você é uma menina sem juízo!

— É melhor ficar calado! — ordenou Natacha. — Quem lhe disse para ir para casa o mais rápido possível? Eu nem comi as panquecas.

— Me entediei na casa da vovó — disse mansamente Antochka.

Os relâmpagos reluziram e estremeceram várias vezes bem perto de Natacha e Antochka, em algum lugar no meio dos pés de centeio caídos nas proximidades. Os irmãos, temendo o trovão, seguraram as mãos um do outro e encostaram seus rostos, Antochka no peito da irmã e ela em seu ombro — para que não vissem mais nada. Mas, no barulho da chuva torrencial, os trovões não soavam assustadores.

— Caiu de novo ao lado — disse Antochka.

Fazia tempo que as crianças haviam se resfriado por causa da chuva e agora se apertavam uma contra a outra, querendo se aquecer; começavam a se habituar àquele tormento e estavam com sono.

— Quem é você? — perguntou roucamente uma outra voz, próxima e estranha.

Natacha levantou a cabeça de Antochka. Ajoelhado, ao lado deles estava o velhinho magro, de rosto desconhecido, descoberto, que eles tinham encontrado mais cedo quando estavam indo visitar a vovó. Agora esse velhinho, para se proteger da chuva, colocara o cesto na cabeça.

— Estão cansados ou será que se apavoraram? — perguntou o velhinho a Natacha, aproximando-se das crianças, para que elas pudessem ouvi-lo.

— Ficamos com medo — disse Natacha.

— Como poderiam não ter medo? — concordou o transeunte. — É tão assustador — chove, troveja, relampeja. Eu não tenho medo por causa da minha idade avançada e da minha tolice, e o que há com vocês? Tenham medo, é como deve ser.

— Estamos acostumados a ter medo — disse Natacha. — Agora não nos apavoramos mais. E quem é você, de onde é?

— Sou de longe — respondeu o velhinho. — Umas vinte verstas daqui: da fazenda de criação "Vitória", já ouviu falar?... Sou de lá, trabalho como mensageiro nos assuntos de pecuária: aonde quer que me mandem, para o que quer que digam, estou pronto. Hoje fui ao *kolkhoz* "A vida em comum", me mandaram para dizer que o *kolkhoz* arranjasse um touro reprodutor para eles. Eles têm direito a um touro. Que mandem um carroceiro.

— Você disse? — perguntou Natacha.

— Disse. E agora estou voltando.

Antochka se levantou e examinou com interesse de criança o estranho velhinho que estava ajoelhado na terra encharcada, com um cesto na cabeça. O aguaceiro havia se transformado em uma chuva constante, e os relâmpagos já irrompiam longe, o trovão já não tinha tempo de chegar até ali, cansava-se no caminho.

— Então vá, já faz tempo que precisamos de um touro no *kolkhoz* — disse Natacha.

O velho olhou em silêncio para as crianças naquela chuva sombria e demorada.

— Agora vou embora — disse ele relutante. — Está na hora.

O vovô se levantou do chão e começou a se arrumar para o longo caminho. Ele amarrou seu cesto firmemente às costas e tirou o gorro da cabeça.

— Vocês não vão chegar lá — disse o velho para as crianças. — Lá a estrada se desmanchou toda, o solo é espesso e bom, e a chuva, veja, está prestes a cair...

Ele pôs o seu gorro na cabeça de Antochka e, curvando-se e tocando o chão com as mãos, ordenou que a criança subisse no cesto às suas costas, sentasse e se segurasse. Antochka subiu imediatamente e se sentiu bem e confortável ali.

— Para onde vai levá-lo? — perguntou Natacha rapidamente, preparando-se para arranhar o rosto do velho com toda a sua força. — Quem lhe mandou pegá-lo?

— Eu o levarei para sua mãe e seu pai, para onde mais?! — respondeu o velho. — Para o *kolkhoz* de vocês. E você também.

O velho se curvou mais uma vez, pegou Natacha pelo braço e caminhou sob a chuva ao longo da estrada rumo à "Vida em comum", carregando as duas crianças.

— Não tenha medo — disse Natacha ao irmão, que estava sentado confortavelmente no cesto ao lado dela. — Eu vou observá-lo.

— Ele não é como você, ele é forte — disse Antochka.

As veias no pescoço do velho incharam, ele se curvou, a chuva e o suor banhavam-lhe o corpo e o rosto, mas ele caminhava costumeira e pacientemente pela lama e pela água.

As crianças faziam silêncio, à espera de ver sua isbá no *kolkhoz*. Natacha temia em seu íntimo que talvez o quintal já tivesse sido queimado por um relâmpago. Para guardar forças, o velho também não dizia nada, apenas uma vez murmurou de si para si:

— Ainda bem que não caiu granizo. Às vezes caem pedaços do tamanho de um ovo de pomba; teria machucado as crianças.

A chuva caía em gotas pequenas e frequentes; já não era uma tempestade. Logo Natacha avistou, através da chuva, a faixa do último quintal do seu *kolkhoz*, onde viviam os Tchumikovs. Ela não sabia que seu *kolkhoz* estava tão próximo e sorriu de alegria. Queria dizer que tudo estava intacto e não havia incêndio, ou as pessoas teriam corrido para o incêndio. Mas talvez a casa deles já tivesse sido queimada e o fogo apagado; então Natacha começou novamente a se afligir.

Mas lá estava o salgueiro que crescia ao lado da casa de Natacha, ele estava vivo; lá estava o telhado de palha da sua isbá e a chaminé com o galo de ferro... Natacha afastou o seu rosto de Antochka e limpou-o cuidadosamente da chuva e das lágrimas com a manga.

Quando estavam perto do quintal do pai, Natacha pulou no chão. Antochka foi levado pelo velho no cesto às suas costas até a antessala da isbá.

Havia muita gente sentada na sala da casa dos pais de Natacha, esperando a chuva passar. O pai de Natacha lhes serviu chá com pão de centeio e encheu um açucareiro de açúcar. Lá estava o presidente do *kolkhoz*, Iegor Efímovitch Provorótov, o vovô, marido da vovó, e um estranho, não se sabe quem, alguém de que não precisavam.

A mãe de Natacha despiu a filha, bem como Antochka, e lhes deu uma muda de roupas secas, prometendo que nunca mais os deixaria fazer visitas novamente. O velhinho, depois de espremer um pouco de água de sua roupa na antessala, já estava sentado à mesa, tomando chá e contando o que havia acontecido. Iegor Efímovitch, presidente do *kolkhoz*, o conhecia — o velho da fazenda de criação tinha acabado de visitá-lo por causa do touro.

— Mas como assim?! — perguntou Iegor Efímovitch, falando com o pai de Natácha. — Na rua havia uma tempestade, um aguaceiro, uma tormenta, e você mandou as crianças para Paniútino?

— Elas saíram quando o tempo ainda estava bom — respondeu baixinho o pai.

— Mas depois do bom tempo logo começou uma tempestade — disse Iegor Efímovitch —, e as crianças podiam não ter conseguido chegar em Paniútino. Veja só! Estamos aqui sentados há duas horas, tagarelando, e você não mencionou nem uma vez a menina e o menino.

— Mas para que falar? — disse o pai com irritação. — Não aconteceu nada com eles, voltaram inteiros.

— Sim, pelo menos isso! — o presidente concordou e olhou para Antochka e Natacha, que agora estavam de pé na antessala e olhavam para os convidados; a mãe já os tinha vestido com roupas limpas e secas e eles agora estavam bem novamente. — E o avô deles, velho irresponsável — disse o presidente —, sabia que os netos foram visitá-lo e veio tomar chá com o genro em meio a uma tempestade, e ainda ficou sentado aqui, sem preocupar-se...

O avô de Natacha ficou em silêncio, assim como todas as outras pessoas.

— Eu vim até a cooperativa de manhã cedo — disse o avô. — Eu queria comprar um anzol para pescar carpas e tinha uns negócios com o seleiro de vocês, somos compadres... Na nossa cooperativa não há anzóis, todos os peixes vivem ilesos no rio, o meu equipamento não presta mais. Pensei em aproveitar a cooperativa de vocês.

— Isso é coisa do passado — disse cordialmente Iegor Efímovitch. — Devolva-me o documento da fazenda de criação que lhe dei outro dia — e o presidente estendeu a mão na direção do pai de Natacha.

O pai hesitou e entregou o papel ao presidente.

— Olhe, Efímovitch, é um touro de raça, é preciso saber lidar com ele — disse o pai. — Ou será que agora que meus filhos se molharam, não me confia mais o touro?

— Por enquanto não — disse o presidente —, não confio.

— Mas quem vai conduzi-lo? — interessou-se o pai. — Não há quase ninguém no *kolkhoz* além de mim que se responsabilize por um assunto como esse...

— Talvez eu possa me entender com ele — o presidente apontou para o velhinho da fazenda de criação, que estava bebendo chá com açúcar.

— É um direito seu — concordou o pai. — Veja só, que vigilante! Ou se preocupa com os jovens quadros? Mas um touro é uma coisa, e a menina e o menino são completamente outra!

— É verdade — disse o presidente, escondendo o documento no bolso depois de lê-lo novamente por inteiro. — Crianças não podem ser compradas, e um touro não é assim, um touro pode ser comprado com dinheiro uma segunda vez...

— Ah, vejam só! — disse, de repente, o velhinho da fazenda de criação com toda a alegria da sua alma e, empurrando o pires para longe, acidentalmente jogou outro pedaço de açúcar na boca. Ele parou de beber o chá e olhou embevecido para o presidente, um camponês ruivo de uns quarenta e cinco anos, que olhava lentamente para o mundo com olhos cinzentos e pensativos.

Cansados de ouvir a conversa, Natacha e Antochka saíram para o alpendre.

Quase não chovia mais. Tudo ao redor se tornara tranquilo e sombrio; as folhas das árvores e da relva, extenuadas, estavam adormecidas até a manhã seguinte. Somente lá longe, nos campos escuros e desconhecidos, os relâmpagos ainda reluziam, como se fechassem os olhos de uma nuvem cansada.

— Amanhã vamos de novo visitar a vovó — disse Antochka para irmã. — Agora não tenho mais medo. Gosto de tempestades.

Natacha não respondeu nada ao irmão. Afinal de contas, ele ainda era pequeno, estava exausto e não era certo repreendê-lo.

A mãe abriu a porta e chamou os filhos para comer. Ela havia cozido batatas para eles, colocado ovos e creme azedo por cima. Que as crianças cresçam e fiquem bem.

**1938**

# A flor desconhecida

Vivia no mundo uma pequena flor. Ninguém sabia que ela existia na terra. Surgiu sozinha em um descampado, por onde vacas e cabras não andavam e onde as crianças do acampamento dos pioneiros nunca brincavam. Lá a grama não crescia e só havia pedras cinzentas e muito antigas, e, no meio delas, barro morto e seco. Somente o vento passeava pelo descampado; como um velho-semeador, levava as sementes e as espalhava por toda parte: tanto na terra escura e úmida como no desnudo e pedregoso descampado. Na boa terra escura nasciam das sementes flores e grama, já na pedra e no barro as sementes morriam.

Certa vez caiu do vento uma sementinha, que se acomodou numa pequena cova entre a pedra e o barro. Esta sementinha penou por muito tempo, mas depois se nutriu de orvalho, lançou para fora os fios tênues de sua pequena raiz, agarrou-se com eles à pedra e ao barro e começou a crescer.

Assim começou a viver no mundo aquela pequena flor. Ela não tinha do que se nutrir na pedra e no barro; as gotas da chuva caíam do céu e escorriam pela superfície da terra sem chegar até a sua raiz, mas a pequena flor continuava a viver e aos poucos ia crescendo. Ela levantava suas folhas contra o vento, e o vento amainava ao lado dela; do vento caíam no barro grãos de poeira, trazidos por ele da fértil terra escura; naqueles grãozinhos havia comida para a flor, mas eles vinham ressecados. Para molhá-los, a flor guardava o orvalho durante toda a noite e o juntava, gota por gota, nas suas folhas. E quando as folhas se tornavam pesadas de tanto orvalho, a flor as empenava para baixo e o orvalho caía; ele umedecia os grãozinhos de poeira escura trazidos pelo vento e diluía o barro morto.

De dia, a flor vigiava o vento, à noite, o orvalho. Ela trabalhava dia e noite para viver e não morrer. Tratou de ter folhas grandes para que pudessem deter o vento e acumular o orvalho. Era porém difícil para a flor se nutrir somente dos grãos de poeira que caíam do vento e ainda ter que colher o orvalho para eles. Mas ela precisava da vida e vencia com paciência a sua dor e o seu cansaço. A pequena flor alegrava-se somente uma vez por dia: quando o primeiro raio do sol tocava as suas folhas extenuadas.

Se o vento demorava muito a chegar no descampado, a florzinha ficava muito mal, já quase sem forças para viver e crescer.

Ela, no entanto, não queria viver infeliz; por isso, quando estava especialmente triste, cochilava. Pois procurava constantemente crescer, mesmo que suas raízes roessem a pedra nua e o barro seco. As suas folhas então não conseguiam se nutrir o bastante para manterem-se verdes: uma de suas nervuras era azul, outra vermelha, e uma terceira, azul clara ou de cor dourada. Isso acontecia por falta de comida e deixava marcada a tortura pelas diversas cores nas folhas da pequena flor. Mas ela própria não sabia disso: pois sendo cega, não podia ver como estava.

Em meados do verão, brotou uma auréola em cima da flor. Antes disso ela parecia uma ervinha, mas então virou uma verdadeira flor. A sua auréola era composta por pétalas de uma simples cor clara, luminosa e forte, como a de uma estrela. E, como uma estrela, irradiava uma luz viva e cintilante, que se podia ver até em noite escura. Quando o vento vinha passear no descampado, ele sempre tocava a flor e levava o seu cheiro consigo.

Eis que um dia, pela manhã, a menina Dacha passava perto daquele descampado. Ela vivia com as amigas no acampamento dos pioneiros, e naquela manhã acordara com saudades da mãe. Havia escrito para ela e levava a carta até a estação, a fim de que chegasse mais rápido. No caminho, Dacha beijava o envelope com a carta e o invejava, pois ele veria a mãe antes dela.

No fim do descampado, Dacha sentiu um perfume. Ela olhou ao redor. Não havia nenhuma flor por perto, somente a grama baixinha crescia pela vereda e o descampado era todo nu; mas vindo de lá, o vento trazia um cheiro suave, como a voz suplicante de uma vida pequena e desconhecida. Dacha se lembrou de uma história que a sua mãe lhe contara tempos atrás. Era sobre uma flor que sentia saudades da mãe, uma rosa; mas como chorar não podia, somente pelo perfume transmitia a sua tristeza.

"Talvez esta flor esteja com saudades de sua mãe, igual a mim" — pensou Dacha.

Ela foi ao descampado e viu aquela pequena flor ao lado da pedra. Dacha jamais tinha visto uma flor como aquela — nem no campo, nem na floresta, nem nas ilustrações dos livros, nem no jardim botânico, em lugar nenhum. Então sentou-se no chão ao lado da flor e perguntou:

— Por que você é assim?

— Não sei — respondeu a flor.

— Por que não se parece com as outras?

A flor não soube de novo o que responder. Mas pela primeira vez escutava a voz humana tão perto, pela primeira vez alguém olhava para ela, e ela não quis ofender Dacha com o seu silêncio.

— Porque está difícil para mim — respondeu a flor.

— Como você se chama? — perguntou Dacha.

— Ninguém me chama — disse a pequena flor —, eu vivo só.

Dacha olhou em volta.

— Mas aqui só tem pedra e barro! — disse ela. — Como vive sozinha, como pôde nascer do barro e não morrer, sendo tão pequena?

— Não sei — respondeu a flor.

Dacha abaixou-se até ela e beijou sua cabecinha luminescente.

No dia seguinte, todos os pioneiros foram visitar a pequena flor. Foi Dacha quem os trouxe, mas ainda longe, bem antes de chegar no descampado, ela mandou que todos suspirassem e disse:

— Sintam como cheira bem. É ela que tem esse perfume.

Os pioneiros passaram muito tempo ao redor da flor, admirando-a como a uma heroína. Depois deram a volta pelo descampado, mediram-no com passos e calcularam quantos carrinhos de mão com esterco e cinzas precisariam trazer para adubar o barro morto.

Eles queriam que a terra no descampado também se tornasse fértil. Assim, a pequena flor de nome desconhecido descansaria e os rebentos que nasceriam de suas sementes, as mais belas e irradiantes flores jamais vistas em parte alguma, não pereceriam.

Os pioneiros trabalharam durante quatro dias adubando a terra no descampado. Depois foram andar por outros campos e florestas e não voltaram ao descampado. Somente Dacha voltou uma vez para se despedir da pequena flor. O verão já estava acabando, os pioneiros tinham que voltar para casa e foram embora.

No verão seguinte, Dacha retornou ao mesmo acampamento dos pioneiros. Durante todo o longo inverno ela se lembrou daquela pequena flor de nome desconhecido. E no mesmo instante, foi ao descampado para visitá-la.

Dacha percebeu que o descampado havia se transformado, estava agora coberto de relva e flores, e sobre ele voavam pássaros e borboletas. E as flores exalavam o mesmo perfume daquela pequena flor-batalhadora.

Mas a flor que Dacha encontrara no ano anterior, a que vivia entre as pedras e o barro, não existia mais. Talvez tivesse morrido no último outono. As novas flores também eram boas; só não eram tão boas como aquela primeira flor. Dacha se entristeceu de não encontrar a flor de antes. Ela já estava indo embora, mas de repente parou. Entre duas pedras estreitas crescia uma nova flor, igual àquela primeira, somente um pouco melhor e ainda mais bela. Esta flor crescia do meio das pedras amontoadas; ela era viva e paciente como a mãe, mas ainda mais forte do que ela, porque vivia dentro da pedra.

Dacha teve a impressão de que a flor tendia para ela, como se lhe chamasse com a voz silenciosa de seu perfume.

**1950**

Andrei Platônov nasceu nos arredores da cidade de Vorôniej, em 1899. O jovem Platônov começou a trabalhar aos 14 anos: foi entregador, fundidor em uma fábrica de tubos e ajudante de maquinista. Após a Revolução, em 1918, ingressou no departamento eletrotécnico da politécnica ferroviária. O contato com o universo ferroviário na Rússia revolucionária teria, posteriormente, grande influência na sua obra literária.

Inspirado pelas novas ideias da época, Platônov participou das discussões da União Comunista de Jornalistas e publicou artigos, contos e poemas em jornais e revistas da sua cidade natal. Em 1920, representou a Organização de Escritores de Vorôniej no Primeiro Congresso de Escritores Proletários, em Moscou. Após uma tentativa de filiação ao Partido Comunista, as críticas feitas por Platônov aos "revolucionários oficiais" em um artigo satírico tiveram como consequência a expulsão do autor, em 1921, considerado como um "elemento instável e inconstante". Nesse mesmo ano, publicou o seu primeiro livro — *Eletrificação*; no ano seguinte, o seu primeiro volume de poemas — *A profundeza azul*. Em seguida, Platônov deixou o trabalho literário e se dedicou totalmente à engenharia, pois, em sua opinião, um escritor proletário precisava exercer uma profissão e deveria "criar nas horas livres, durante o final de semana".

A partir de 1927, se estabeleceu em Moscou, e os próximos dois anos talvez possam ser considerados os mais prósperos de sua vida literária. Entre 1927 e 1929, trabalhou no seu principal romance, *Tchevengur*, que narra dialeticamente a utopia soviética comunista dos anos 1920. Entretanto, o ano de 1929 trouxe os primeiros ventos adversos ao destino de Platônov: suas novelas *O cidadão estatal* e *Makar, o Duvidoso* foram completamente devastadas pelos críticos literários. Além disso, o fotolito de *Tchevengur* foi quebrado por ordem direta de Ióssif Stálin. Andrei Platônov ainda tentou buscar proteção através de Maksim Górki. O escritor, apesar de apreciar o trabalho de Platônov, compreendia os perigos que o profético *Tchevengur* engendraria no país, e, após ler o manuscrito, respondeu a Platônov: "Você é uma pessoa talentosa, isso é indiscutível. (...) Mas, apesar de todos os méritos incontestáveis de seu trabalho, não creio que o livro venha a ser impresso, publicado. Seu estado de espírito anárquico, aparentemente inerente à natureza da sua 'alma', o prejudicam. Goste ou não, você mostrou a realidade de um ponto de vista lírico-satírico, o que, obviamente, é inaceitável para a nossa censura". O romance foi publicado na União Soviética apenas em 1988.

No outono do mesmo ano, Andrei Platônov, enviado em missão pelo Comissariado Popular da Agricultura, viajou pelas províncias da Rússia Central. Suas impressões resultaram no enredo para a novela *A escavação*, onde o autor narrou o "apocalipse da coletivização". Concluída em 1930, a novela tampouco foi publicada durante a vida do autor. A novela seguinte, *De reserva* (1931), só contribuiu para aumentar as críticas dos que pretendiam "educar" os escritores, tentando fazer o mesmo com Platônov. A novela foi considerada uma calúnia contra o *homem novo* e contra a *linha geral* do Partido. Platônov foi obrigado a admitir seus erros publicamente por meio de uma carta aos jornais.

Em 1938, aos quinze anos de idade, seu filho, Platón Andréievitch Platônov, foi preso por calúnia e condenado por "propaganda antissoviética". Somente graças aos esforços do escritor Mikhail Chólokhov, amigo de Andrei Platônov, ele foi libertado, o que se deu em 1941. Mas o menino regressou da prisão com tuberculose, falecendo dois anos depois. A dor provocada por essa perda acompanharia Platônov até o fim de seus dias.

Durante a Segunda Guerra Mundial, atuou no front como correspondente para o jornal "A Estrela Vermelha". Ainda assim, no pós-guerra, viu-se novamente na condição de pária literário: nos últimos anos de sua vida, gravemente enfermo, o autor sobrevivia transcrevendo contos populares russos e basquires, encontrando apoio material somente entre amigos próximos. Sem ver a sua obra reconhecida, Andrei Platônov faleceu em 1951, deixando os seus principais livros não publicados.

Anna Cunha é ilustradora, graduada em Artes Plásticas pela UEMG e pós-graduada em Ilustração, pela EINA - Universitat Autònoma de Barcelona. Já ilustrou mais de 30 livros, para editoras brasileiras e estrangeiras. Recebeu os prêmios Jabuti, Golden Plaque da Bienal de Ilustração de Bratislava, Fundação Nacional do Livro Infantil e Juvenil, Biblioteca Nacional, Cátedra Unesco, AEILIJ e Northern Lights Award. Teve também títulos indicados ao Kate Greenaway Medal e selecionados para o Catálogo *The White Ravens*. Seus livros foram traduzidos para 8 idiomas e participou de exposições em diversos países.

Impressão: Midiograf
Tiragem: 1.000 exemplares
Tipografia: Minion Pro
Papel: Pólen Soft bold 90 g/m²